KB102178

변혁
1990

18

천지무천 장편소설

FUSION FANTASTIC STORY

변혁 1990 18권

천지무천 장편 소설

초판 1쇄 찍은 날 § 2016년 4월 11일
초판 1쇄 펴낸 날 § 2016년 4월 18일

지은이 § 천지무천
펴낸이 § 서경석

편집책임 § 한준만

펴낸곳 § 도서출판 청어람
등록번호 § 제1081-1-89호
등록일자 § 1999. 5. 31
어람번호 § 제1-2403호

주소 § 경기도 부천시 원미구 심곡2동 163-2 서경B/D 3F (우) 14640
전화 § 032-656-4452 팩스 § 032-656-4453
http://www.chungeoram.com
E-mail § chungeorambook@daum.net

ISBN 979-11-04-90747-0 04810
ISBN 978-89-251-3388-1 (세트)

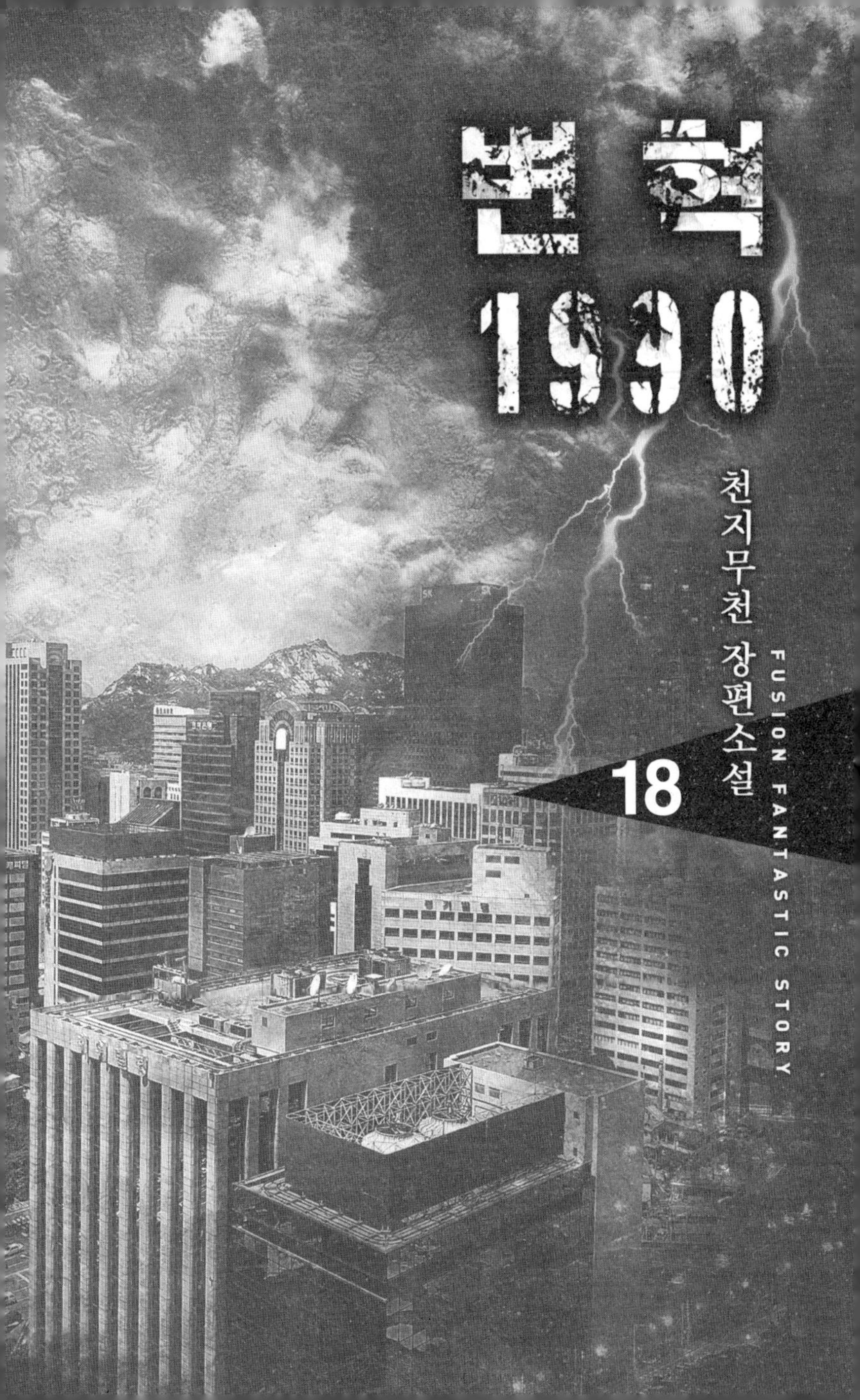
변혁
1990
천지무천 장편소설
18
FUSION FANTASTIC STORY

CONTENTS

Chapter 1

　유원건설의 인수 금액은 제일은행과 협상을 세 차례나 더 가진 후에야 결정되었다.

　유원건설의 1천 5백억 원의 부채 중 300억 원은 제일은행에서 감당하기로 했고, 2백억은 출자전환을 하기로 했다.

　출자전환은 한마디로 기업의 부채를 주식으로 전환하는 것이다.

　대신 나머지 1천억 원에 대해서는 일시금으로 제일은행에게 주기로 했다.

　나머지 금융권도 제일은행과 비슷한 방법을 취했고 1백

억 원을 지급하는 것으로 마무리되었다.

이로 인해 유원건설의 80%의 지분을 획득했고 나머지 지분 15% 또한 하도급공사업체와 자재납품업체에 미납되어 있던 대금을 지급하는 조건으로 인수했다.

제일은행은 출자전환을 한 5%의 지분을 가지게 되었다. 이 지분도 향후 인수할 예정이다.

유원건설의 인수에는 총 1,250억의 자금이 들어갔다.

난 유원건설을 인수한 후에 곧바로 회사명을 닉스 E&C(Engineering&Construction)로 바꾸고 전반적인 실사와 인력 재배치를 진행했다.

사장으로는 대우그룹의 김우중 회장의 추천을 받아 박대호라는 인물을 닉스E&C의 대표로 임명했다.

그는 올해 45살로 대우건설에서 13년간 다양한 국내외의 건설공사현장을 경험한 후에 배움을 위해서 대학원에 진학했던 인물이었다.

다시금 박사 과정을 위해 외국 유학을 준비 중이었던 그를 만나 닉스E&C가 앞으로 나아갈 방향에 관해 폭넓게 이야기를 나누었다.

본래 유학에 대한 의지가 강했던 그였지만, 북한 신의주 특별행정구를 새롭게 만들어간다는 것이 박대호의 흥미를 끌어냈다.

또한 닉스E&C가 이를 바탕으로 러시아와 중국은 물론이고 세계로 뻗어 나갈 충분한 역량을 갖출 수 있다는 점도 매력적인 요인이었다.

나는 닉스E&C의 인수가 마무리될 때쯤 러시아로 날아갔다.

영국의 파운드화를 공격하기 위한 준비 작업이 모두 끝났기 때문이다.

*　　　*　　　*

모스크바에 도착하자마자 소빈뱅크 관계자들을 스베르로 불러들였다.

영국의 파운드화를 공략하여 벌어들일 돈으로 신의주 특별행정구와 러시아에서 북한으로 이어지는 송유관 설치에 투자할 계획이었다.

영국은 1990년 10월 8일 유럽통화제도(EMS) 중심기구인 환율조절메커니즘(Exchange Rate Mechanism)에 가입했다.

그리고 유럽 내 단일 통화권을 구축하기 위한 과도기적 조치로 회원국 간의 기본환율을 설정한 준고정환율제를 채택했다.

환율조절메커니즘(ERM)은 유럽 국가들이 독일 마르크화를 기축통화로 해서 자국 통화의 환율변동폭(밴드)을 6% 범위에서 변동을 허용하고 있었다.

당시 협약에 따라 영국은 1파운드당 독일의 2.95마르크화를 기준으로 상하 6%라는 변동폭에서만 움직일 수 있었다.

변동폭을 벗어날 정도로 환율이 요동치면 회원국 중앙은행들이 시장에 개입해 인위적으로 환율을 조절했다.

문제는 독일이 통일 이후에 단기간에 동독지역의 경제를 끌어올리기 위해 대대적인 투자로 돈을 풀었고, 휴지 조각이나 다름없는 동독 화폐를 일대일로 교환했다는 것이다.

이를 위해서 독일 중앙은행인 분데스방크(Bundesbank)는 마르크화를 마구 찍어냈다.

막대한 돈이 풀리자 독일중앙은행 분데스방크는 화폐가치 하락으로 인한 물가상승(인플레이션)을 막기 위해서 초고금리 정책으로 풀린 돈을 회수하는 방법을 썼다.

분데스방크는 2년 동안 금리를 10차례나 인상했다.

상대적으로 경제 여건이 나았던 독일은 그렇게 물가도 잡으면서 경기를 지탱할 수 있었지만, 문제는 주변 유럽 국가들이었다.

자본은 속성상 많은 이윤을 보장해 주는 곳으로 움직인다. 세계의 핫머니들이 높은 이자율을 보장해 주는 독일로 몰려들었고, 마르크화는 계속 강세를 유지했다.

문제는 나머지 국가들이었다. 빠져나가는 외국자본을 붙들기 위해서 덩달아 금리를 올려야 했던 것이다. 그건 ERM의 의무규정이기도 했다.

금리가 오르면 환율은 대개 떨어진다. 이를 바탕으로 환차익이 발생한다.

강태수는 그 환차익을 노리고 있는 것이다.

"말씀하신 대로 파운드화를 팔고 마르크화를 계속 사들이고 있습니다."

소빈뱅크의 외환딜러이자 책임자인 이고리의 말이었다.

이미 9월 들어서 이고리가 이끄는 팀은 스페인의 페세타화와 이탈리아 리라화를 공격하여 2억 달러의 수익을 올렸다.

방어 여력을 상실한 두 나라의 화폐는 연일 폭락세를 이어가고 있었다.

자국 내에 있던 핫머니(단기투기자금)들이 대거 독일로 흘러들어 가는 바람에 통화 가치가 하락하고, 유동성(流)이 부족하게 됐다.

유럽 국가들은 자국 내에 핫머니를 붙잡아 두기 위해서는 경기 후퇴를 감수하더라도 금리를 올리지 않을 수 없었다.

경제 침체기를 겪고 있는 상황에서 울며 겨자 먹기로 강행한 금리 인상은 유럽 경제에 치명상을 입히고 있었다.

각 나라마다 경기는 급랭했고, 실업률은 두 자릿수를 넘어서 한계상황에 봉착한 상황이었다.

급기야 9월 8일 핀란드가 마르크화와의 환율 연동제를 폐지했고, 스웨덴은 단기 금리를 500%나 인상했다.

이제 남은 것은 영국의 파운드화였다.

하지만 유럽 맹주의 자존심을 걸고 독일과 경쟁하던 영국은 ERM 내에서 독일발로 발생한 환율 쓰나미를 충분히 이겨낼 수 있다고 호언장담했다.

"현재 얼마나 자금이 투입되었습니까?"

"어제까지 20억 달러를 투입했습니다. 오늘도 5억 달러를 추가로 집행할 예정입니다."

"조지 소로스의 퀀텀펀드의 움직임은 어떻습니까?"

"다른 헤지펀드들에게 파운드화의 가치가 지속적으로 하락할 것이라 말하고 있습니다. 퀀텀펀드도 상당한 자금을 투입하고 있습니다."

조지 소로스 혼자서는 영국 중앙은행인 영란은행(Bank of England)을 상대할 수 없었다.

그는 자신이 보유하고 있는 전 재산을 파운드화 폭락에 베팅했다. 대략 10억 달러쯤 되는 것으로 알려졌다.

"음, 다른 펀드들은요?"

"아직은 소로스의 움직임을 보면서 주시하는 모양새입니다."

조지 소로스는 다른 헤지펀드나 투기자들에게 호응을 요청했다.

소로스는 특정 국가의 통화를 공격할 때 자신이 단기투매에 나섰다는 사실을 살짝 흘려서 다른 투기자들의 도움을 청했다.

그는 많은 우군을 만들어 특정 통화를 공격하는 방법을 썼는데, 이번 파운드화에서도 같은 수법을 취했다.

"유럽은행에서 빌린 자금은 얼마나 됩니까?"

소빈뱅크와 룩오일은 현재 유럽의 은행들에서 고평가된 파운드화를 대량으로 빌렸다.

그리고 이를 외환시장에 매각해 달러화를 사들이고 있었다.

이렇게 되면 부채는 파운드화가 되고 자산은 달러화가 된다. 이런 움직임에 다른 투자자들이 동조하면서 수많은 투기 세력들이 파운드화를 팔고 달러를 사들이게 되면 마침내 파운드화는 절하되고 달러화는 절상된다.

이제 파운드화로 표시된 부채 가치는 줄어들고 달러화로 표시된 자산 가치는 늘어나면서 자산과 부채의 차이, 곧 순

자산만큼 이익이 발생하는 것이다.

우리가 조지 소로스보다도 한발 먼저 움직였다.

"70억 달러입니다."

"그럼 우리가 총 투입하는 자금이 130억 달러입니까?"

"예, 저희가 가지고 있던 10억 달러와 러시아 중앙은행에서 차입한 35억 달러, 그리고 대표님께서 전해주신 15억 달러까지 합하여 총 130억 달러입니다."

내가 이고리에게 건넨 15억 달러 중 10억 달러는 옐친 대통령의 통치자금이었다.

이번 파운드화 공격에 대통령 비서실장인 세르게이를 끌어들였다.

그의 주선으로 러시아 중앙은행에서 35억 달러를 빌릴 수 있었고, 이 돈을 바탕으로 유럽의 은행들에서 70억 달러의 자금을 융통할 수 있었다.

소빈뱅크는 그동안 러시아 루블화의 환율변동과 이번 이탈리아와 스페인 사태로 5억 달러 이상의 자금을 벌어들였다.

"디데이가 3일 남았네요."

"예, 말씀해 주신 날보다 하루 전날에 모든 자금을 쏟아부을 것입니다."

검은 수요일이라고 불리는 9월 16일보다 하루 앞선 날에 작전을 수행할 계획이다.

조지 소로스에게 갈 이익을 우리가 먼저 차지할 생각이었다.

"실수 없도록 진행해야 합니다. 여기에 우리가 가진 모든 자금이 들어간 상태이니까요."

"예, 모든 상황에 대비해 빈틈없이 진행하고 있습니다. 저희가 예상한 대로 BOE(영국중앙은행)이 가지고 있는 외환 자금은 얼마 되지 않는 것으로 파악되었습니다."

물론 이 전략이 성공하려면 파운드화 가치를 유지하려는 영국 중앙은행(BOE)과 한판 대결을 벌여야 한다.

영국 중앙은행은 반대편에 서서 우리와 헤지펀드들이 파는 파운드화를 사들이고 자신이 보유한 달러를 팔면서 파운드화 가치 방어에 나설 것이다. 그러나 이미 역사대로 상황은 헤지펀드 연합군에 유리했다.

이미 영국 중앙은행은 자신들이 보유하고 있는 달러를 외환시장에 내다 팔아 파운드화를 지키려고 했다.

하지만 영국 중앙은행의 달러 보유액 중 가용할 수 있는 자금은 기껏해야 100~150억 달러 안팎이라 금방 동날 수밖에 없었다. 더는 달러를 팔 수 없게 되면 BOE는 두 손을 들 것이다.

조지 소로스의 퀀텀펀드는 당시로서는 천문학적 금액인

100억 달러(약 11조 3000억 원)를 공격 자금으로 투입했고, 그와 동반된 투기펀드 자금은 1,100억 달러에 달했다.

그로 인해 파운드화는 20% 정도로 급격히 절하됐고, 소로스는 파운드화를 공격한 열흘 사이에 약 10억 달러를 챙겼다.

우리는 그보다 더 많은 이익을 창출할 생각이었다.

"좋습니다. 마르크화 매집에 신경을 쓰십시오."

우리는 파운드화를 외환시장에 내다 팔고 영국 중앙은행은 파운드화 하락을 막기 위해 달러로 파운드화를 사들였다.

이고리 팀은 시장에서 달러를 사들였고, 그 돈으로 다시 마르크화를 집중적으로 매집했기에 마르크화는 연일 강세였다.

독일의 마르크화 환율에 맞추기 위해서 영국은 계속해서 돈을 투자해 파운드화를 사들일 수밖에 없었다.

"예, 다른 헤지펀드들도 마르크화를 매집하기 시작했습니다."

"우리는 실리만 가져가야 합니다."

"예, 소로스는 얻은 이익에 비해 욕을 많이 먹을 것입니다."

역사대로 소로스도 이익을 가져갈 것이지만 그 이득은

현저하게 적을 것이다.

　우리는 조지 소로스가 끌어들인 헤지펀드 중에 하나로 위장할 생각이었다.

　이틀간에 걸쳐 30억 달러를 더 투입하자 조지 소로스의 퀀텀펀드는 물론이고 다른 헤지펀드도 상당한 자금을 투입하여 파운드화를 외환시장에 내다 팔았다.

　그러자 존 메이저 총리는 파운드화 평가 절하는 영국의 미래에 대한 배신행위라며 파운드화를 지킬 것이라는 발언을 했다.

　그리고 역사와 달리 화요일 9월 15일에 영국의 노먼 라몬트 재무장관은 단기 금리를 2% 포인트 인상하면서 소로스와 그를 따르는 투기꾼 무리에 대한 전쟁을 선포했다.

　문제는 영국 라몬트 장관이 150억 달러를 차입해서 파운드화를 방어하겠다고 밝힌 것이다

　그것은 헤지펀드들이 얼마나 투자하면 영국이 항복하게 된다는 것을 가르쳐 준 꼴이었다.

　이고르 팀은 그 발표와 함께 나머지 돈 전부를 마르크화 매집에 투입했다.

　조지 소로스와 헤지펀드들도 우리와 같이 파운드화 공격에 앞장섰고, 하루 동안 총 280억 달러가 넘는 금액이 동원

되었다.

그러자 마침내 영국 재무부가 항복하고 말았다.

영란은행은 헤지펀드들의 공격을 방어하기 위해 200억 달러를 썼지만 허무하게 백기를 들고 말았다.

영국은 곧바로 유럽환율매커니즘(ERM)에서 탈퇴한다고 선언했고, 파운드화는 역사와 다르게 25%나 급격히 절하되었다.

그 덕분에 이고르 팀은 예상보다 많은 17억 달러라는 놀라운 금액을 투자이익으로 가져왔다.

대신 조지 소로스는 4억 달러의 이익밖에는 챙기지 못했다.

우리가 조지 소로스가 가져갈 이익을 대신 가져온 것이다.

그리고 역사와 달리 검은 수요일(Black Wednesday)이 아닌 검은 화요일(Black Tuesday)이 되고 말았다.

*　　　*　　　*

스베르로 세르게이 비서실장이 날 찾아왔다.

이번 검은 화요일(Black Tuesday)로 인해 발생한 투자이익 중에서 세르게이에게 수수료를 주기로 했기 때문이었다.

거기에 옐친 대통령이 투자한 10억 달러에 대한 이익금은 별도로 건넬 생각이다.

물론 그는 소빈뱅크가 얼마나 큰 이익을 얻었는지 알지 못했다.

"하하하! 강 대표님께서 하시는 일은 언제나 큰 성과를 거두시는 것 같습니다."

"비서실장님께서 많은 도움을 주셨기 때문입니다."

"아닙니다. 강 대표님께서 다른 기업인들과는 확연히 다르십니다. 같은 도움을 주어도 제대로 일을 해내지 못하는 얼간이들이 러시아에는 너무 많습니다."

"아직 과도기적인 상황이라서 그럴 것입니다. 앞으로 차차 좋아질 것입니다. 그리고 여기 도움을 주신 일에 대한 작은 선물입니다."

나는 세르게이 앞으로 소빈뱅크의 통장과 비밀번호가 적힌 메모지를 내밀었다.

"뭐 이런 걸 다 준비하셨습니까?"

세르게이는 입가에 미소를 띠며 통장을 집어 들었다. 그리고는 통장을 확인하는 순간 그의 눈이 커졌다.

"미화로 5백만 달러입니다."

"이렇게 많이… 정말이지 강 대표님은 배포가 크십니다."

세르게이는 많아야 5십만 달러라고 생각했었다. 5백만 달러는 그가 평생 만져 볼 수 없는 금액이었다.

옐친 대통령의 통치자금을 관리하고 있지만 그건 자신의 돈이 아니었다.

"앞으로도 많은 도움을 주시길 바랍니다. 10억 달러에 대한 원금과 투자이익은 말씀해 주신 계좌로 넣었습니다."

"하하하! 이익은 많이 났습니까?"

세르게이는 기분 좋게 웃으며 말했다.

"예, 운이 좋아서 투자이익이 저희가 생각했던 것보다 더 발생했습니다. 투자이익금으로 6천만 달러를 송금했습니다."

한 달도 채 되지 않은 기간 동안 빌려주고서 받은 이익금 치고는 대단히 큰 금액이었다.

"허허! 정말 할 말이 없게 만드십니다. 어떤 마술을 부리셨길래 그렇게 돈을 쉽게 벌 수 있습니까? 러시아의 모든 운을 강 대표님께서 가져가신 것 같습니다."

세르게이는 내가 영국 파운드화의 하락을 통해서 돈을 번 것을 알지 못했다.

"좋은 투자처에 운 좋게 투자할 수 있었습니다. 러시아 중앙은행에서 빌린 자금으론 단지 이자만 지급할 수 있을 정도만 수익이 났습니다. 운이 좋으신 것은 세르게이 비서실장님이십니다. 비서실장님께서 융통해 주신 10억 달러만이 가장 큰 이익을 볼 수 있었습니다."

세르게이가 좋아할 만한 말을 해주었다. 내가 빌린 돈이 어떻게 사용되었는지 그가 알 필요는 없었다.

러시아 중앙은행에서 빌린 35억 달러는 큰돈이었다. 달러가 부족한 러시아에서는 특히나 빌리기 힘든 돈이었다.

세르게이의 힘이 아니었다면 가능한 일이 아니었다.

"하하하! 그렇습니까. 혹시 강 대표님은 손해를 입으신 것은 아니시지요?"

"아닙니다. 저도 작은 이익을 보았습니다."

"정말 잘하셨습니다. 언제든지 제 도움이 필요하시면 연락을 주십시오. 제가 곧바로 달려오겠습니다. 하하하!"

러시아에서 돈은 어디보다도 강한 힘을 발휘했다. 세르게이 비서실장이 지금까지 다른 기업이나 기업가들에게 받은 것을 다 합쳐도 내가 건넨 5백만 달러에는 미치지 못할 것이다.

"말씀만 들어도 든든합니다."

세르게이 비서실장은 한껏 기분이 상승해서 스베르를 떠났다.

그리고 나는 이번 작전을 성공적으로 이끈 이고르 팀을 불렀다.

큰 뼈대를 제공한 것은 나였지만 이고르와 그의 팀원들이 아니었다면 이렇게 큰 이익을 볼 수가 없었다.

이고르에게는 미화로 백만 달러를, 그 팀원들에게는 평가에 따라 수십만 달러를 보너스로 주었다.

이들은 10년 치가 넘는 연봉을 한꺼번에 받은 것이었다.

러시아에서 이런 큰 보너스는 정말 이례적인 일이었다.

또한 이고르에게는 최신형 벤츠 차량을, 나머지 팀원들에게도 고급 승용차를 선물했다.

그뿐만 아니라 이고르에게는 회사의 핵심 인물에게 제공할 목적으로 짓고 있는 고급맨션 중 하나가 돌아갈 예정이었다.

그들 모두 예상을 뛰어넘은 보너스에 다들 기쁨을 감추지 못했다.

이고르를 비롯한 팀원들이 소빈뱅크에 입사하지 못했다면 그들은 적은 박봉에 힘든 생활을 영위하거나 아니면 직업 없이 힘겨운 삶을 살아갔을 것이다.

지금의 러시아는 은행들도 구조조정이 진행되고 있어 금융인들에게도 큰 시련의 시기였다.

*   *   *

다음 날 나는 닉스E&C의 모스크바 지사를 방문했다.

한국의 건설회사 중에서 유일하게 러시아에 진출했던 건설회사가 유원건설이었다.

이제는 닉스E&C로 사명이 바뀐 상태였다.

한국에서 파견된 직원은 모두 3명이었고 나머지 7명은 현지 직원이었다.

사무실은 모스크바 상트페테르부르크의 위치한 5층 건물 중 3층을 임대해 사용하고 있었다.

박대호를 닉스E&C의 사장으로 임명했지만, 그는 대표보다는 스스로 이사 자리를 원했다.

당분간 대표는 내가 맡고 박대호는 닉스E&C의 전반적인 상황을 모두 담당하는 총괄이사를 맡기로 했다.

직원들은 나의 방문에 바짝 긴장한 모습이었다.

"모스크바에서의 공사수주 상황은 어떻습니까?"

내가 질문하자 모스크바지사 책임자인 이홍철 과장이 입을 열었다.

"두 군데 작업장에서 리모델링 공사를 진행하고 있습니다."

"신축 건설은 아직 없습니까?"

"예, 아직은 진행하지 못하고 있습니다. 이쪽의 텃세가 생각보다 심해서 일반 공사나 관급공사입찰도 진행하기가 무척 힘든 상황입니다."

이홍철의 말처럼 외국 회사가 모스크바에서 공사를 수주하기는 쉽지 않았다.

관공서의 입찰서류가 아직도 복잡했고 공무원들은 뇌물을 주지 않으면 빠르게 움직이지 않았다.

더구나 이익이 나는 곳에는 항상 마피아들이 달라붙었는데 특히나 건설 공사는 그들의 주요 대상이었다.

"사무실에서 근무하는 현지 직원이 생각보다 많은 것 같습니다."

건설업은 현장 위주로 돌아가는 것이 좋았다.

현지 사무실에서 실질적으로 하는 일이 그리 많지 않았기 때문이다.

"예, 그게 통역도 필요하고 현지 사정을 잘 아는 직원들도 필요하고… 모스크바가 위험한 곳이라 경비인력도 있어야 해서……."

이홍철 과장은 내 질문에 대답을 명확하게 하지 못하고 얼버무렸다.

그러고 보니 사무실에 어울리지는 않은 두 명의 인물이 앉아 있었다.

그들은 회사 대표인 내가 사무실을 방문했는데도 아랑곳하지 않고 현지 여직원들과 잡담을 나누고 있었다.

"7명이나 되는 현지 직원들의 담당 업무가 정확히 무엇인지 말해 주시죠?"

내 질문에 이홍철 과장의 얼굴이 벌겋게 변하며 무척 당황스러운 표정을 지었다.

그때 뒤에 있던 한국인 직원이 입을 열었다. 자신을 한대현이라고 소개했던 친구였다.

"제가 한 말씀 드려도 되겠습니까?"

"한 대리, 어디라고 나서는 거야."

한대현의 말에 이홍철은 신경질적인 반응을 보였다. 뭔가 이홍철에 대해 할 말이 있어 하는 느낌이었다.

"말해보세요."

"전혀 들으실 필요가 없습니다. 일 처리가 미숙해서 다음 주에 한국으로 돌아갈 친구입니다."

이홍철은 강한 어조로 한대현의 말을 막으려고 했다.

"듣고 안 듣고는 내가 결정합니다."

내 말에 이홍철의 미간의 골이 깊어졌다.

"말씀하세요."

"감사합니다, 대표님. 지금 사무실에 있는 현지직원 중 세 명만이 일을 제대로 할 수 있는 직원들입니다. 나머지는 이 과장님이 끌어들인 사람들입니다."

"그게 무슨 말이죠?"

"두 사람은 이 과장님의 경호원들이고 현지 여자 친……."

"야! 한 대리, 죽고 싶어!"

이홍철은 내가 앞에 있는데도 큰소리로 한대현을 위협하며 그의 말을 끊었다.

"지금 뭐하는 짓입니까?"

"현지 사정도 모르는 놈 때문에 누명을 쓸 것 같아서 저도 모르게 큰소리가 나왔습니다. 정말 죄송합니다. 밖에 있는 두 친구는 이 사무실을 지키는 경비원들입니다. 사무실을 열자마자 마피아들이 수시로 사무실을 찾아와서 보호비를 요구했었습니다. 저를 위협하기도 해서 사무실과 저에 대한 경호를 위해 고용한 것입니다."

모스크바에서 마피아들의 보호비는 통상적인 것처럼 되어버렸다.

보호비를 내지 않으려면 자체적으로 경호인력을 배치한다든가 더 세력이 큰 마피아에게 보호를 요청하는 방법뿐이었다.

"그건 알겠습니다. 한 대리님, 말을 다 못 하신 것 같은데 다시 말해보세요."

"아, 아닙니다. 제가 착각한 것 같습니다."

한대현은 이홍철의 위협 때문인지 내게 전하려고 했던

말을 하지 않았다.

"이곳 물정을 전혀 모르는 친구를 보낸 본사도 문제가 많다고 생각됩니다."

한대현의 모습에 자신감을 얻었는지 이홍철의 목소리에 다시 힘이 들어갔다.

그는 마치 러시아에서 모든 것을 겪어본 사람처럼 말했다.

'웃기고 있네.'

이홍철은 내가 모스크바에서 어떤 위치를 차지하고 있는지 몰랐다.

"이 과장님은 잠시 밖에 나가계시죠."

"예, 그게 무슨 말씀인지?"

"한 대리님과 단둘이 이야기를 나누어야겠습니다."

"들어보실 것도 없습니다. 저와……."

"이 양반이! 자꾸 두 번 말을 하게 만들어!"

"아, 죄송합니다."

내 목소리가 순간 커지자 이홍철은 움찔하며 회의실 밖으로 나갔다.

"자, 아까 하려던 말을 마저 해보세요. 한 대리님에게 전혀 피해가 가지 않도록 조치하겠습니다."

내 말에도 한대현은 주저하는 눈빛을 내보였다.

채근하지 않고 말을 할 때까지 기다리자 한대현은 한숨을 내쉬며 입을 열었다.

"후! 모든 걸 말씀드리겠습니다. 사실 전 한국에 돌아가는 대로 회사에 사표를 제출할 생각입니다. 두 번 정도 서울 본사에 이곳 실정을 전달했는데도 상황이 전혀 개선되는 것도 없이 저만 이상한 사람 취급을 받았습니다. 지금 밖에서 이 과장과 이야기를 나누고 있는 현지인들은 모두 이 과장이 고용한 사람들입니다. 그들은……."

한대현의 말을 듣고 있자니 정말 가관이 아니었다.

이홍철은 알고 보니 전 유원건설 사장의 외사촌동생이었다.

이홍철이 고용했다고 말한 현지 여직원은 사실 그의 현지 애인이었고 또 한 명은 애인의 친구였다.

애인이 혼자 근무하기 심심하다는 말에 이홍철이 그녀의 부탁으로 친구를 채용한 것이다.

두 사람은 이홍철의 차 심부름만 할 뿐, 대부분 사무실에서 노닥거리다가 이홍철과 함께 퇴근하는 것이 전부였다.

사장의 외사촌 동생이라는 것 때문인지 한대현 대리의 이야기가 윗선까지 전달하지 않았다.

아니, 오히려 본사에 이 사실을 알린 한대현을 한국으로 돌아오게끔 조치하였다.

"저 두 사람이 마피아란 말이죠?"

"예, 월급과 별로도 이 과장이 자주 보너스를 주어서인지 그의 말을 잘 따르고 있습니다. 네 사람에 외에는 나머지 현지 지원들은 보너스를 한 번도 받아본 적이 없습니다."

"정말 한심하기 짝이 없네요."

"제가 이 말을 대표님께 모든 전한 걸 알면 이 과장이 저놈들을 시켜서 절 위협할지도 모릅니다."

한대현은 걱정스러운 표정으로 내게 말했다.

"걱정하지 마십시오. 제가 그렇게 하지 못하도록 하겠습니다. 나가서서 이 과장을 들여보내십시오."

"예, 알겠습니다."

한 대리는 내게 고개를 숙인 후에 회의실 밖으로 나갔다.

잠시 뒤 표정이 밝지 않은 이홍철이 들어왔다.

"부르셨습니까?"

"앉으세요."

"예."

이홍철이 앉자마자 내가 하려던 말을 꺼냈다.

"저기 잡담을 나누고 있는 네 친구들에게 사표를 받으십시오."

"예, 그게 무슨 말이신지?"

"회사는 자선단체가 아닙니다. 그리고 개인을 위한 사설

놀이터도 아니고요."

"한 대리한테 무슨 이야기를 들으셨는지는 모르지만, 사실과 전혀 다릅니다."

"그럼 네 사람을 회의실로 불러오세요. 제가 지금까지 무슨 일을 해왔는지 직접 물어보겠습니다."

내 말에 이홍철의 입가가 살짝 올라가는 것이 보였다. 아마도 내가 러시아어를 전혀 모른다고 생각한 것 같았다.

"예, 알겠습니다."

잠시 뒤 내가 말한 4명의 직원과 통역을 할 직원이 함께 들어왔다.

다른 사무실의 직원과 달리 두 명의 여자들은 진한 화장에 짧은 치마를 입고 있었다.

네 사람은 아무 일도 아니라는 듯 편안한 표정들이었다. 마치 통역이 알아서 잘 설명할 거라는 말을 들은 것처럼 말이다.

"각자 담당 업무와 진행하고 일에 관해서 설명해 보세요."

내 질문을 통역하는 직원이 네 사람에게 전달하자 한 명씩 입을 열었다.

"크게 하는 일 없이 사무실에 있다가 퇴근해요."

이런 말을 했지만 내 귀에 전달되는 통역은 달랐다.

"전화상담과 함께 현지업체와 일정 조정을 하고 있습니다."

라는 말로 바꿔서 전달되었다.

"뭘 할까 생각하고는 있지만 할 수 있는 게 별로 없네요. 그리고 사무실이 좀 답답하기는 해요."

통역은 이 역시 다르게 전달했다.

"장부정리와 거래처 관리를 담당하고 있습니다. 사무실로 찾아오는 손님들도 안내하고요."

두 명의 마피아들도 별반 다르지 않게 통역을 했다. 내가 러시아어를 전혀 모른다고 여긴 것이다.

"다들 열심히 일하는군요."

내 말이 떨어지기 무섭게 이홍철이 입을 열었다.

"한 대리는 제가 여러 번 주의하라고 하였는데도 자꾸만 없는 이야기를 만들어 분란을 일으킨 친구입니다. 이번 기회에 확실한 조치가 이루어졌으면 합니다."

"그래요. 확실히 처리해야 하겠습니다."

"감사합니다. 이제 나가서 일들 봐요."

회의실에 들어왔던 현지 직원들을 이홍철이 밖으로 내보려고 했다.

그때 내가 입을 열었다.

"어이! 그런 식으로 일을 하고서 월급을 받아갔나? 4명다 오늘부로 해고니까, 당장 짐을 싸서 집으로 돌아가."

순간 그들은 놀란 송아지처럼 눈이 커졌다. 특히나 이홍철의 낯빛이 죽은 사람처럼 바뀌었다.

현지인과 전혀 다를 바 없는 유창한 러시아어가 내 입에서 흘러나왔기 때문이다.

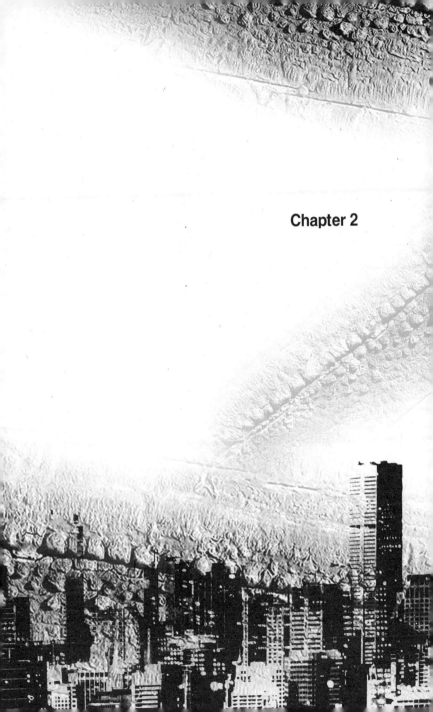

Chapter 2

모두가 벼락을 맞은 것처럼 제자리에서 움직이지 못했다.

"뾰드르라고 했나? 자넨 소설 쓰는 재주가 아주 뛰어나군."

통역을 담당했던 뾰드르에게 러시아어로 말을 건네자 그는 아무 말도 못 한 채 놀란 눈만 깜빡거릴 뿐이었다.

"이 과장도 오늘부로 해고니까 당장 저 친구들과 함께 짐을 싸세요."

"대표님 그게 아니라, 뭔가 착오가 있어서 그런 것입니다."

이홍철은 순순히 자신의 잘못을 인정하지 않았다.

"아! 그리고 이 과장이 개인 용도로 사용한 경비들은 회사에 배상해야 할 것입니다. 저 친구들에게 들어간 월급도 말이오."

내 말에 이홍철의 인상이 심하게 구겨졌다. 그러고는 곧바로 이전과 다른 행동을 보이며 날 위협하는 말이 입에서 흘러나왔다.

"씨발! 어린놈에게 오냐오냐해 주니까. 아주 날 좆으로 보네. 여기가 어딘 줄도 모르고 그냥 말을 막 던지면 안 되지. 여기서 잘못 행동했다가는 쥐도 새도 모르게 그냥 골로 가는 러시아야."

"그래서?"

"회사는 내가 내 발로 나갈 테니까. 나한테 뭘 청구한다는 둥의 개소리는 집어치워. 곱게 한국으로 돌아가고 싶으면."

이제는 아예 대놓고 날 위협했다.

"미친개에게는 예부터 몽둥이가 약이라더니, 그 말이 꼭 맞네."

"아! 정말. 세상 물정 모르는 놈이 어쩌다가 회사 하나 운 좋게 날로 먹어서 사장놀음 하니까 즐거운 것 같은데, 오늘 너 좆되는 날이다. 안똔, 이놈에게 맛 좀 보여줘."

이홍철은 간단한 러시아는 할 줄 알았다. 그는 이제 안하무인 격으로 나왔다.

안똔이라 불린 남자는 상황이 바뀐 걸 인지했는지, 의자 하나를 끌어다가 내 옆에 바짝 앉았다.

"어딜 부러뜨려 줄까? 원하는 곳이 있으면 지금 말해, 아니면 크게 후회할 테니까."

"후후! 고맙군. 그나마 손가락이 나을 것 같군."

나는 오른손 검지를 펴서 안똔에게 내밀었다.

"크하하! 깡다구가 제법이야. 다른 곳에서 만났다면 보드카라도 한잔 나눌 수 있었을 텐데 말이야. 오늘은 일진이 사나웠다고 생각하라고."

안똔은 내 행동에 웃음을 토해내며 검지를 잡으려고 손을 뻗었다.

하지만…….

우두둑!

기분 나쁜 소리가 회의실에 퍼져 나가는 순간, 연이어 비명이 회의실에 메아리쳤다.

"아악!"

비명의 주인공은 내가 아니라 안똔이었다.

쿵!

나는 안똔의 머리채를 잡고 회의 탁자에 그대로 내리찍

었다. 면상이 회의 탁자에 강하게 부닥치자 비명 소리는 곧바로 사라졌다.

안똔이 정신을 잃고 회의실 바닥에 쓰러진 것은 단지 2~3초밖에 걸리지 않았다.

그 모습에 또 다른 인물이 내게 달려들었다.

하지만 내가 앞쪽에 있는 의자를 발로 밀어내는 순간 그는 의자에 걸려 그대로 바닥에 나뒹굴었다.

우당탕!

다시금 중심을 잡고 일어나려고 할 때 양팔을 걷어차자, 그대로 쓰러지며 의자에 머리를 세게 부닥쳤다.

쿵!

그 또한 정신을 잃어버렸다.

건장한 체격의 마피아 둘이 바닥에 정신을 잃고 쓰러지는 시간은 단 10초도 걸리지 않았다.

회의실 안이 시끄럽자 밖에서 대기하고 있던 김만철이 안으로 들어왔다.

"이 둘을 데려다가 어디 소속인지 알아내십시오."

바닥에 쓰러진 두 인물을 바라보며 김만철이 입을 열었다.

"후후! 실력이 더 좋아지셨습니다."

"아닙니다. 이 둘의 실력이 형편없었던 거죠."

"그렇게 되나요?"

김만철이 호주머니에서 호출기를 꺼내 누르자 밖에서 대기하고 있던 경호원들이 사무실로 들어와 뻗어버린 두 명을 들고 나갔다.

이 모든 광경을 넋이 나간 듯이 바라보고 있는 이홍철과 세 사람은 입만 크게 벌리고 있을 뿐이었다.

이홍철 과장과 그가 고용한 네 명의 현지인 직원은 곧바로 사표가 수리되었다.

또한 이홍철이 개인적으로 사용한 회사 경비는 그의 이번 달 월급과 그의 퇴직금에서 공제하기로 했다.

이홍철은 퇴직금을 단 한 푼도 받지 못한 채 퇴사할 수밖에 없었다.

이홍철이 개인적으로 고용했던 경호원들은 말르쉐프 조직의 하부조직원이었다.

말르쉐프는 모스크바 암흑가를 장악한 8대 그룹 중의 하나였고, 보스의 이름이기도 했다.

말르쉐프 조직은 알로사의 다이아몬드 공급에 관여했던 조직으로, 루까노프 러시아 하원의장이 그들의 뒤를 봐주고 있었다.

알로사의 인수가 마무리된 시점에서 말르쉐프와 연관된

직원들을 모두 퇴사시켰다. 그리고 그들이 알로사에서 그동안 헐값으로 가져간 다이아몬드 원석을 되찾아 올 생각을 하고 있었다.

더구나 말르쉐프는 지금도 알로사의 직원들에게 접근해서 다이아몬드를 빼내려는 행위를 계속 진행했다.

문제는 말르쉐프의 행방을 전혀 알 수 없다는 것. 그는 언제나 밀실에서 부하들에게 명령을 내렸다.

"언젠가는 맞부딪칠 것이라고 여겼는데, 그 시기가 생각보다 빨리 찾아왔네요."

"말르쉐프를 치실 생각이십니까?"

김만철이 물었다.

"우선 대화로 문제를 풀어야 하겠지요. 저들의 세력이 만만치가 않으니까요."

말르쉐프는 2백 명이 넘는 조직원이 있었다.

문제는 그들과 협력관계에 있는 8대 조직 중 2곳도 말르쉐프 못지않은 세력과 인원을 가지고 있다는 것이다.

말르쉐프와 전투를 벌이면 나머지 2곳과도 자동적으로 전쟁을 해야만 했다.

코사크의 경비인력들도 이제는 2백 5십 명에 이르렀지만 3배 가까이 되는 인원들과 전쟁을 벌이면 상당한 피해를 입을 수 있었다.

"보스를 치면 되겠지만 그러면 저들도 대표님을 노리겠지요."

자신들의 보스가 당하면 마피아들도 히트맨을 동원하여 무차별적으로 상대편 보스를 노렸다.

"그렇게 되면 제가 러시아에서 사업하기가 무척 힘들게 됩니다. 사업을 위해서라도 전쟁은 될 수 있으면 피해야 합니다. 우선 두 놈을 앞세우고서 하부조직부터 방문해 보지요. 날 위협한 경고는 해두어야 하니까요."

사실 날 몰라보고 행동한 일이었지만 이 일을 통해서 말르쉐프를 압박할 수는 있었다.

모스크바 조직들은 최대한 나와의 충돌을 피하려고 했다.

나와의 충돌은 자신들도 심각한 피해는 물론이고 자칫 조직이 붕괴될 수도 있기 때문이다.

실제로 그런 일들이 두 번이나 일어났다.

더구나 나는 러시아의 최고 권력자들에게 신망을 받고 있었다.

* * *

안똔과 보리스를 앞세우고 우리는 마티아르 조직이 위치

한 건물로 향했다.

두 사람은 내가 누구인지 정확히 확인한 순간부터 어깨를 축 늘어뜨린 채 고개를 들지 못하고 있었다.

마티아르 사무실이 있는 건물에는 10~15명 정도가 항시 상주하고 있다고 했다.

마티아르 조직은 30~40명 정도 되는 군소조직이었지만 말르쉐프와 연계되어 있어서 이 지역에서는 거칠 것 없이 행동해 왔었다.

두 사람을 앞장세우면서 난 열네 명의 경호원들에게 호위를 받으며 마티아르가 사용하는 건물로 향했다.

그리고 우리 뒤로는 만약을 대비하여 25명으로 구성된 코사크 타격대가 타고 있는 특수차량이 뒤를 따랐다.

벤츠와 BMW가 연달아 4대가 정착하자 건물 앞에서 경비를 서고 있던 두 명의 마티아르 조직원들이 긴장하는 것이 눈에 들어왔다.

벤츠의 차 문이 열리고 내가 내리자 경호원들은 내 주변을 둘러싸듯이 늘어섰다.

그리고 안똔과 보리스가 맥없이 차에서 나오자 건물 앞에 경비를 섰던 인물이 건물 안으로 빠르게 들어가는 것이 보였다.

건물 앞에 남아 있던 인물도 위압감에 쉽게 우리 일행을 저지하지 못한 채 그냥 서 있을 뿐이었다.

4층 건물에 1층과 2층은 세를 놓았고, 마타아르는 3~4층을 사용하고 있었다.

우리는 곧장 4층으로 향했다.

나와 경호원을 보는 인물들이 다 들어가자 밖에 남아 있었던 마타아르 조직원이 어디론가 연락을 하기 위해 무전기를 꺼내 들었다.

하지만 그는 최신 장비들로 중무장한 코사크 타격대에게 무전기와 가지고 있던 권총을 넘겨주어야만 했다.

4층까지 올라가는 데는 아무런 문제가 없었다.

4층에 도착하자 자동소총으로 무장한 여섯 명이 우리에게 총을 겨누고 있었다.

"멈춰! 무슨 일 때문이냐?"

"바짐, 총을 내려라. 보스를 만나러 오신 분이다."

우리 앞에서 길을 안내하는 안똔이 말을 했다. 그는 내가 누구인지 알게 되었고 그 후부터는 순한 양처럼 내 말을 따랐다.

안똔의 말에 바짐과 그의 동료들은 우리에게 겨누었던 총구를 내려놓았다.

"잠시만 기다려라."

바짐이라 불린 인물이 앞쪽에 보이는 문으로 들어갔다.

그리고 1분 정도 지나자 다시 나왔다.

"3명만 들어가시오. 나머지는 모두 여기서 대기해야 합니다."

바짐의 말에 나를 비롯하여 김만철과 티토브 정이 안똔을 앞세우고 사무실로 들어갔다.

사무실에도 여섯 명이 있었고 모두가 무기를 소지하고 있었다.

20평 정도 되는 사무실 안쪽으로 작은 방이 보였고 그쪽에 마티아르를 이끄는 인물이 있었다.

"안쪽으로 들어가시오. 혼자서만."

사무실에 있던 한 인물이 손을 가리키면서 말했다.

"그러지."

나 혼자서 안쪽 방으로 들어서자 넓은 책상 위로 양발을 올려놓은 채 거만하게 앉아 있는 사내가 있었다.

그 뒤편으로 인상이 날카로운 인물이 보디가드처럼 서 있었다.

"누구시길래 이렇게 화려한 행차를 하셨나?"

40대 초반의 사내는 어려 보이는 내가 철없는 도련님 정도로 보였는지 여유 있는 모습이었다.

"여기는 손님을 이렇게 맞이하는가?"

"손님이 누구냐에 따라서 달라지지. 뭐 때문에 날 보자고

한 거지?"

마타아르 보스의 질문에 나는 앞에 놓여 있는 소파에 앉으며 입을 열었다.

"내 사업체를 건드린 대가와 날 모욕한 값을 받으려고 왔지."

내 말에 마타아르의 보스는 책상에 올렸던 양발을 내리며 입을 열었다.

"핫하하! 지금 뭐라고 했나?"

"귓구멍이 막혔으면 네 옆에 있는 친구에게 물어보지그래?"

나의 말에 뭔가 분위기가 다르다는 걸 느꼈는지 마타아르 보스는 표정이 달라졌다.

"당돌한 놈이군. 네놈의 이름이 무엇이지?"

"내 이름을 알고 싶으면 너의 이름을 먼저 밝히는 것이 예의겠지."

"하하하! 좋아. 내 이름은 샤샤다. 다들 날 백정 샤샤라고 부르지. 네 이름이 듣지도 보지도 못한 보잘것없는 이름이라면 가만두지 않을 것이다."

러시아 마피아들은 고위 관리들이나 힘깨나 쓰는 대기업의 총수들 외에는 두려워하지 않았다.

이번 주에도 토지허가권을 담당하는 공무원과 모스크바

의 한 은행장이 경호원 둘과 함께 피살된 채 발견되었다.

범인은 누군지 알지 못하더라도 마피아가 저지른 짓이라는 것을 어린아이도 알았다.

"백정이라? 무식해 보이는 네 얼굴과 잘 어울리는 별명이군."

내 말에 뒤쪽에 있던 보디가드가 움직이려고 했다.

"표트르, 아직 저놈의 이름을 듣지 못했다. 이름을 듣고서 움직여도 늦지 않아. 참고로 말하면 여기 표트르는 사람의 살가죽을 아주 잘 벗겨내지. 표트르에게 걸린 놈들은 모두가 신께 자비를 구하지, 어서 빨리 자기를 데려가 달라고 말이야. 크하하하!"

크게 웃음을 토해내는 샤샤의 이마에는 칼에 맞은 듯한 커다란 상처가 들썩거렸다.

"너의 웃음이 계속 이어질지는 모르겠지만 이름은 말해 주지. 강태수라고, 네 말처럼 보잘것없는 이름이야."

큰 소리로 웃음을 뱉어내던 샤샤의 웃음이 뚝 그쳤다. 그러고는 날 다시금 정면으로 쳐다보다 무겁게 입을 열었다.

"…원하는 것이 무엇입니까?"

샤샤의 목소리에는 이전처럼 장난기가 묻어나오지 않았다.

"우선 저 밥맛없는 놈을 여기서 내보내지."

나를 향해 히쭉거리며 웃었던 표트르였다.

"표트르 나가 있어."

표트르가 어두운 표정으로 밖으로 향할 때 나는 표트르에게 경고성 발언을 했다.

"자넨 앞으로 모스크바 거리를 지금처럼 활보하지 못할 거야. 난 날 모욕하는 놈들을 지금껏 가만두지 않았거든."

밖으로 나가려고 문고리를 잡던 표트르의 손이 가늘게 떨리는 것이 보였다.

표트르도 내가 누구인지 안 이상 내 말이 거짓이 아님을 알기에 공포로 다가올 것이다.

더구나 날 향해 위협적인 말을 서슴없이 던진 샤샤에게 향한 경고이기도 했다.

"제가 몰라보고 무례를 범했습니다."

샤샤는 표트르가 나가자마자 일어나 내게 고개를 숙였다.

코사크는 이미 모스크바를 장악한 8대 그룹보다도 강한 위치에 있었다.

코사크의 대원들 모두가 러시아의 특수부대나 정보부의 특수임무를 맡았던 최고의 인재들이었다.

그들을 상당한 자금을 들여서 다시금 조련하고 훈련시켜 더 강인한 인물들로 재탄생시키고 있는 코사크가 마음만 먹으면 모스크바의 2~3개 그룹은 붕괴시킬 수 있었다.

물론 코사크도 적지 않은 피해를 보겠지만 말이다.

현재 코사크는 러시아의 특수부대보다도 한두 단계 위의 전투력을 가지고 있었다.

"난 단순히 백정의 사과를 받으려고 이곳에 온 것이 아니야."

"그럼 무엇 때문에?"

표트르는 궁금한 듯 물었다.

"말르쉐프를 잡으려고."

내 말에 샤샤의 얼굴이 석상처럼 굳어졌다.

샤샤는 한동안 말을 하지 않았다.

"이곳에 나 혼자 왔을 거라 생각지 않을 거야. 난 둘 중 하나를 바라고 있지. 말르쉐프를 잡든가 아니면 마타아르 조직이 오늘부로 끝나든가."

내 말에 심각한 표정의 샤샤가 입을 열었다.

"우릴 치면 말르쉐프가 가만있지 않을 것입니다."

"물론 가만있지 않겠지만 난 그걸 바라고 있어. 그래야만 숨은 쥐새끼가 표면으로 드러나니까. 그렇게 된다면 너는 그걸 하늘에서 지켜볼 것이지만 말이야."

퍽!

내 말이 끝나기가 무섭게 오른쪽 창문을 통해 들어온 총알이 책상에 놓인 볼펜 통을 정확히 날려 보냈다.

"그뿐만 아니야. 너의 아내인 율리야와 딸내미인 류포피도 어려운 상황에 놓이겠지."

이미 샤샤와 관련된 인물들에 대해서 조사를 끝낸 상황이었다.

무식할 정도로 다른 사람들을 다루는 백정 샤샤도 두 사람에게만은 한없는 천사처럼 대했다.

코샤크의 새로운 정보조직은 모스크바 8대 그룹 보스들의 주변을 모두 조사해 놓았다.

언젠가는 코사크와 충돌할 수밖에 없기 때문이었다.

물론 난 일반인을 건드릴 정도로 악당은 아니었다. 단지 샤샤를 이용하기 위해 꺼낸 말일 뿐이었다.

샤샤는 내 말에 얼굴이 더욱 심각하게 변해갔다. 뭔가 중대한 결정을 내릴 때의 모습이었다.

"방금 나간 표트르라는 친구에게 두 사람을 맡기면 재미있는 그림이 그려지겠군. 살가죽을 아주 잘 벗긴다고 했으니 말이야."

내 마지막 말이 결정적이었다.

"제가 어떻게 하면 되겠습니까?"

샤샤는 자포자기한 심정으로 말했다.

내가 충분히 그러고도 남을 힘을 가지고 있다는 것을 샤샤는 잘 알고 있었다.

"말르쉐프를 잡기 위한 미끼 역할이지."

"말르쉐프를 치려는 이유를 물어봐도 되겠습니까?"

샤샤는 결심한 듯 내게 물었다.

"난 내 사람들을 건드리는 걸 무엇보다 참지 못해. 한데 말르쉐프는 계속해서 내 회사의 인물들을 괴롭히고 있어."

알로사의 다이아몬드는 말르쉐프의 적잖은 자금줄이자 루까노프 러시아 하원의장에게 상납금을 제공했던 요긴한 돈줄이었다.

그만한 자금줄을 만회하기가 쉽지 않자 다시금 알로사의 직원들에게 접근하고 있었다.

말르쉐프는 그동안 알로사의 직원들에게 미인계와 마약을 제공해서 자기 뜻에 따르도록 만들었었다.

"알겠습니다. 제가 미끼가 되겠습니다. 대신 그만한 대가를 제게 주십시오. 저 또한 목숨을 걸고 하는 일이니까요."

일이 실패하면 샤샤는 죽음 목숨이었다.

"합당한 조건이라면 들어주지."

"말르쉐프의 지역을 제가 맡도록 해주십시오. 그 정도면 충분히 목숨을 걸어볼 만합니다."

한마디로 샤샤는 말르쉐프 조직을 장악하겠다는 거였다.

생각보다 배포가 큰 인물이었다.

"말르쉐프를 먹겠다. 그리고 나서는?"

"절 끝까지 믿어주시면 죽을 때까지 충성하겠습니다."

"그 말을 어떻게 믿지?"

내 말이 끝나자마자 샤샤는 책상 서랍에서 녹음기를 꺼냈다. 그리고 녹음기에서 테이프를 빼서 내게 건넸다.

"이건 지금까지의 대화를 녹음한 테이프입니다. 이걸 외부로 유출하면 전 살아 있는 목숨이 아닙니다. 물론 제가 말르쉐프를 장악했다고 해도 말입니다."

마피아는 조직의 배신자에게 혹독했다.

특히나 보스를 죽이거나 그에 해당하는 일을 저지른 배신자는 러시아를 떠나도 끝까지 추격해서 죽였다. 그래야 내부에서 배신자가 나오질 않았다.

"생긴 거와 달리 철저하군."

"전 누구도 믿지 않았기 때문에 이 자리에 올라설 수 있었습니다. 하지만 이젠 한 사람을 죽을 때까지 믿고 의지하게 될 것입니다."

"좋아. 날 배신하지 않으면 이 테이프도 영원히 외부로 나오지 않게 될 것이다."

"언제 일을 시작해야 합니까?"

샤샤는 진중한 어조로 내게 물었다.

"지금부터."

내 말에 샤샤가 자신 앞에 놓인 전화기를 집어 들었다.

말르쉐프와 연락을 취한 샤샤는 이틀 뒤에 그와 만나는 약속을 잡았다고 말했다.

하지만 만날 약속 장소는 당일 알려주기로 했다고 했다.

"말르쉐프 조직을 코사크에 흡수하실 생각이십니까?"

모스크바 시내를 내려다보고 있는 내게 김만철이 물어왔다.

"아닙니다. 코사크는 원래의 형태대로 커 나갈 것입니다. 전 러시아에서 사업을 하면서 공식적으로는 할 수 없는 일을 해줄 팀이 필요하다는 것을 느꼈습니다."

"하긴 지저분한 일을 코사크가 하기에는 문제가 생기겠군요."

"직접 나서서 범죄조직을 키울 생각은 없습니다만 우리의 사업을 위해서는 모스크바 마피아 세력 간의 균열이 어느 정도는 필요하다고 여겼기 때문입니다. 이대로 내버려두다가는 코사크로도 감당할 수 없을 것 같다는 생각이 들었습니다."

모스크바의 마피아는 무섭게 커 나가고 있었다. 돈이 되는 일이라면 물불을 가리지 않고 달려들었다.

그러다 보니 일반 기업들의 성장률보다도 몇 배나 빠르게 성장하고 있었다.

더구나 모스크바 8대 그룹들은 더 큰 이익을 위해서 조직 간의 합병까지 생각하고 있었다.

옐친 대통령은 마피아의 척결보다는 체첸 문제와 뒤처지고 있는 국내 경제 상황에 더 신경을 집중했다.

마피아들이 합법적으로 표면에 내세우는 사업체들도 상당했기 때문에 자칫 마피아와의 전쟁으로 지금보다 경기가 더 안 좋아지지 않을까 하는 우려도 있었다.

그러한 정부정책이 마피아의 세력을 더욱 키워가고 있었다.

"그러면 샤샤를 내세워서 서로 간에 분란을 일으키실 생각이십니까?"

"그럴 수도 있겠지요. 우선은 샤샤가 말르쉐프 조직을 장악할 수 있도록 도와야 합니다. 그러고 나서 더 큰 그림을 그려봐야지요."

"대표님은 어느 순간부터 저희가 생각하는 범위를 벗어나는 일들을 계획하시는 것 같습니다. 신의주의 특별행정구도 그렇고요."

김만철은 요즘 들어서 강태수의 사업적인 수단과 감각이

일반인은 상상할 수 없는 범주에 있다는 것을 확실히 느끼고 있었다.

그리고 이러한 능력이 올바르지 않은 쪽으로 발휘된다면 정말 끔찍한 일이 되리라는 것도.

"글쎄요. 지금 제가 벌이고 있는 일들이 한 방향으로 가는 것이 아닐까 하는 어렴풋한 느낌이 듭니다. 그것이 무엇인지는 아직은 잘 모르겠습니다. 좀 더 시간이 흐르게 되면 보다 확실한 형태로 보이게 되겠지요."

내가 현재 진행하는 일들은 보통 사람이라면 감당할 수 없는 일들이었다.

이러한 일들을 거침없이 해낼 수 있게 된 나 자신이 한편으로는 무섭게 느껴질 때도 있었다.

남들이 보지 못하는 것의 이면을 볼 수 있게 된 데다 미래의 흐름까지 알고 있는 지금, 내가 얼마만큼 성장해 나갈지도 무척 궁금했다.

"분명 모든 사람들에게 도움을 줄 수 있는 일이 될 것입니다."

김만철은 확신하듯이 말했다.

그때 코사크의 정보 부분을 담당하는 보리스가 들어왔다.

"말씀해 주신 인물의 사진을 입수했습니다. 이들 모두

한국에서 활동하는 일본 내각 정보조사실에 속한 인물들입니다."

보리스는 회의 탁자에 동양인 남자와 여자가 섞인 사진들을 꺼내놓았다. 모두 여덟 명의 사진이었다.

나는 한국에 있을 때 일본인으로 보이는 인물들에게 미행을 당했었다.

어두운 밤이었지만 방범등에 비친 두 사람의 얼굴은 확실히 기억했었다.

나는 모스크바에 도착하자마자 한국에서 활동하는 일본 정보기관의 요원들 사진을 입수하라고 코사크 정보부에 지시를 내렸었다.

그리고 3일 만에 사진을 입수한 것이다.

"여기 이 두 명이군."

나는 사진 두 장을 집어 들었다.

"이 두 사람은 일본대사관 내 공보문화원에 소속되어 있었습니다."

보리스는 두 명의 사진을 보며 말했다.

"이들이 왜 날 미행했을까?"

"저희 판단으로는 북한 신의주 특별행정구에 대해 일본에서 신경을 쓰는 것 같습니다. 그에 관련된 정보들을 활발히 수집하고 있다 합니다."

KGB와 크렘린 궁에서 오랫동안 정보를 다룬 보리스의 정보 공급처는 러시아의 정보부와 외국에 나가 있는 대사관 직원들이었다.

그는 아직도 자신만의 정보 네트워크를 가지고 있었다.

아마 그의 말은 사실일 것이다.

"일본놈들이 남북한이 큰일을 진행하려니까 똥줄이 타나 봅니다."

김만철의 말처럼 일본이나 중국은 신의주 특별행정구에 큰 관심을 보였다. 그리고 한편으로는 이로 인해 남북한의 관계발전이 자신들이 생각하는 범주를 벗어나는 걸 경계했다.

이러한 점은 미국도 마찬가지였고 그나마 러시아가 덜했다.

한반도를 둘러싼 4대 강국은 지금처럼 영구히 남북한이 엄청난 군비를 쏟아가면서 분단되기를 원했다.

그것이 네 나라의 입장에서는 훨씬 유리하고 이익이 되는 일이었다.

"남북한이 가까워지는 걸 좋은 쪽으로 보지 않겠지요. 둘이 하나가 되면 자신들에게 유리한 것이 없을 테니까요."

"그냥 내버려 두실 것입니까? 신상도 알아냈는데, 손을 한번 봐줄까요?"

김만철이 사진을 들어보며 말했다. 사진 속 인물들은 둘다 30대 초반으로 보였다.

"굳이 제가 가지고 있는 힘을 이들에게 드러낼 필요는 없습니다. 오히려 기회가 주어졌을 때, 저의 본모습이 형편없다는 것을 보여주어서 저에 대한 혼란을 주는 게 앞으로의 일에도 좋을 것입니다."

"하하! 역시 대표님의 생각을 따라가지 못하겠습니다."

김만철은 내 말에 고개를 절레절레 흔들며 말했다.

"우선은 러시아의 일을 잘 끝내고 중국으로 넘어가야 합니다. 상하이블루오션도 모든 준비가 마무리되어 가니까요."

나는 러시아의 일을 끝내고 중국으로 넘어간 후 평양을 방문할 계획을 하고 있었다.

그리고 신의주 특별행정구의 일들이 순조롭게 진행된다면 중국에 투자하려 했던 원래의 계획들을 상당 부분 수정해야만 했다.

신의주 특별행정구가 성공한다면 수출기지 역할에 있어 중국과도 대결할 수 있었다.

더구나 러시아의 풍부한 지하자원과 북한의 양질의 값싼 노동력, 그리고 남한의 앞선 기술력이 합해지면 놀라운 시

너지가 분출될 것이다.

　그걸 가능하게 만들 수 있는 사람은 오로지 나뿐이었
다.

Chapter 3

샤샤의 연락을 기다리는 동안 나는 알로사와 룩오일을
비롯한 러시아에서 운영되고 있는 기업들을 방문하여 진행
하고 있는 일들을 점검하고 보고를 받았다.

러시아의 기업체들은 모두 순조롭게 이익을 내면서 빠르
게 성장하고 있었다.

러시아 내의 어떤 기업체들보다도 건실하고 부채가 전혀
없는 기업들로 탈바꿈했다.

그중 영국 파운드화로 독보적인 수익을 올린 소빈뱅크는
한국기업들이 러시아 진출을 위해 꼭 거래해야 하는 은행으로 자리를 잡아가고 있었다.

더구나 소빈뱅크가 뉴욕과 독일의 프랑크푸르트에 공식 지점을 개설하자 은행에 대한 안전성이 더욱 커져 러시아에 상주하고 있는 다른 외국 기업들과의 거래도 늘고 있었다.

모스크바에 있는 소빈뱅크가 잘못되더라도 뉴욕과 프랑크푸르트 비롯한 서울에서도 은행에 예금한 돈을 찾을 수 있었다.

그리고 올해 말 상하이에도 소빈뱅크 지점을 개설할 준비를 하고 있었다.

마침내 샤샤에게서 기다리던 전화가 걸려왔다.

―저희뿐만 아니라 오코노프 조직의 인물들과 함께 모임을 합니다. 한데 모임의 중요 주제 중에 하나가 코사크의 처리입니다.

오코노프 또한 모스크바 8대 그룹에 속한 조직으로 3백 명에 달하는 조직원을 가진 큰 조직이었다.

이들에게 코사크는 눈엣가시 같은 존재로 부상하고 있었다.

'코사크라… 놈들이 먼저 움직이려고 한 건가?'

"양 조직의 주요 인물들이 다 모이는 것인가?"

―예, 보스를 비롯한 중간간부들 전부가 모이는 자리입

니다.

"샤샤, 오늘이 너의 운명을 결정하는 날이다. 최고가 될 것인가 아니면 오늘로 끝인가는 너의 손에 달렸다."

수화기 너머로 침을 삼키는 소리가 크게 들려왔다.

─제가 어떻게 하면 되겠습니까?

샤샤의 말에 나는 그가 해야 할 행동을 알려주었다.

그리고 코사크의 타격대를 비롯한 전투 요원들을 모두 소집했다.

샤샤가 알려준 곳은 모스크바 외곽에 별장으로 사용되는 한 고택이었다.

＊　　　＊　　　＊

말르쉐프와 오코노프, 두 조직을 치기 위해 모인 코사크의 전투 요원들은 모두 85명이었고 나와 경호팀을 합하면 총 97명이었다.

많다고 하면 많고 부족하다면 부족할 수 있는 병력이었다.

더 많은 인력을 동원할 수 있었지만 그렇게 되면 움직임이 무거워진다.

이들 각자가 가진 전투 능력은 일반적인 마피아들과는

비교할 수 없었다.

그나마 두 마피아 보스들을 호위하는 경호대만이 비슷한 전투력을 가졌는데, 그들 또한 러시아 특수부대를 거친 인물들이다.

이들의 숫자는 10~15명 사이로 보고 있었고 경호대는 고택 안에서 두 조직의 보스들을 경호할 것으로 예측했다.

하지만 그들도 체계적인 훈련을 지속해 온 코사크의 전투 요원과 맞닥트리면 분명 차이점을 알게 될 것이다.

모임이 있는 별장으로 출발하기 전 대원들은 작전회의를 통해 각자가 맡은 역할을 다시금 숙지했다.

크게는 두 조직의 보스와 중간간부들을 제거하는 팀과 고택 주변의 경비인력을 제거하고 탈출로를 차단하는 팀으로 나누어져 있었다.

코사크 정보팀은 두 조직이 회동하는 고택 주변에 대한 인공위성 사진과 지도를 입수해 작전팀에 넘겨주었다.

또한 필히 제거해야 하는 두 조직의 보스의 사진도.

고택을 경호하는 마피아들은 대략 백여 명 정도로 보고 있었다. 하지만 그 지역의 마피아들이 지원 병력을 보낼 수 있었다.

한 가지 다행인 점은 고택 뒤편으로 강이 흐르고 있어 탈출용 보트만 먼저 차지한다면 다른 곳으로 대피할 곳이 없었다.

보트가 있는 선착장을 차지하는 것이 이 작전의 관건이
될 수 있었다.

그리고 이 작전에 관련되어 대통령 비서실장인 세르게이
의 협조를 받아냈다.

불리한 상황에 놓이면 마피아가 지역 경찰에도 신고할
수 있었다. 그러나 작전이 시작되면 경찰은 고택 주변에 얼
씬도 하지 않을 것이다.

"대단해. 마치 전쟁을 하러 가는 것 같아."

송 관장이 출동하는 코사크 전투 대원들을 보며 말했다.

"형님도 가서서 실력 좀 보여주시죠."

김만철이 송 관장을 보며 말했다.

"총 쏘는 것은 영 소질이 없어."

"형님이 인간병기인데 총이 무슨 소용입니까?"

"나라고 총알이 피해가나? 한데 태수도 함께 가는 거야?"

송 관장은 유일하게 내 이름을 마음대로 부를 수 있는 사
람이었다.

"이런 일에 뒤로 빠지는 분이 아니시죠."

"눈먼 총알이라도 맞으면 안 되는데."

송 관장은 걱정하듯이 말했다.

"선두에 나서시는 것은 아니니까, 그리 걱정하시지 않으

서도 됩니다.

"음, 그래도 어디 다치기라도 하면… 안 되겠어, 나도 따라가야 마음이 놓이겠어. 우리 가인이를 봐서라도 말이야."

"형님이 함께 가시면 저희야 안심이 되지요. 총을 준비해 드릴까요?"

"총은 됐고. 작은 쇠구슬이 있으면 20~30개 정도 구해 주게나."

"예, 바로 알아보겠습니다."

김만철은 밝은 표정으로 코사크의 무기고가 있는 쪽으로 향했다.

무기고에 없다면 모스크바를 다 뒤져서라도 구해다 줄 생각이다. 송 관장이 함께하면 정말 두려울 것이 없었다.

총을 가지고 있다 해도 송 관장이 마음먹고 움직이면 그를 맞출 수가 없었다. 그의 움직임은 마치 어디로 튈지 모르는 럭비공과 같았고 먹잇감을 습격하는 표범의 움직임보다 빨랐다.

모스크바 34번 외곽도로에서 20분 정도 달리면 오른편으로 빠지는 길이 나타난다.

옛날부터 멋진 편백나무숲이 잘 보존되어 있는 곳으로,

작은 강까지 끼고 흘러서 평온한 숲의 한적함을 즐기려는 러시아 귀족들이 자주 찾는 곳이었다.

지금도 귀족들에 의해 지어진 멋진 별장들이 잣나무숲 곳곳에 남아 있었다.

그중에 가장 크고 아름다운 고택의 앞마당에는 십여 대의 고급외제차들이 길게 주차해 있었다.

그리고 그 주변으로는 자동소총으로 무장한 병력 사십 명이 주변을 경계하고 있었다.

고택 안에도 스무 명 정도의 경호인력이 배치된 상태였다.

또한 도로에서 고택으로 이어지는 중간에도 임시검문소를 설치하여 십여 명의 인물이 무장한 채로 고택으로 향하는 차들을 모두 검문했다.

34번 외곽도로에서 고택으로 빠지는 초입에도 2대의 차량이 주변을 감시하듯 서 있었다.

이들은 입구에서 들어가는 차량의 번호를 임시 검문소로 전달했다. 모임 전에 전달한 차량 번호와 일치하지 않으면 통과시키지 않았다.

―생각보다 감시가 심합니다. 초입과 중간에 배치된 경비병력을 동시에 제거해야 할 것 같습니다.

정찰을 위해서 먼저 파견된 대원이 연락을 취해왔다.

두 곳에 배치된 경비 인원들이 서로 무전기로 연락을 취해서 주변 상황을 수시로 보고했다.

초입에 있는 인물들을 처리한다고 해도 곧바로 중간 길에 있는 경비인력들이 문제가 발생했다는 것을 알아챌 수 있었다.

"알겠다. 도로 쪽은 우리가 처리할 것이다. 중간지역은 알파 팀이 맡는다."

충분히 여러 상황을 가정하고서 코사크의 타격대는 훈련을 해왔다.

중간 길에 있는 마피아들에겐 숲을 우회해서 접근하기로 했다.

두 곳만 처리하면 고택으로 향하는 길에는 문제될 게 없었다.

더구나 고택 주변을 경비하는 인물들은 고택에 접근하는 차량들을 경계하지 않았다. 이미 검문을 마친 차량으로 볼 것이기 때문이다.

모든 것은 타이밍이었다.

정확한 시간에 맞추어 고택을 주변을 정리하고 쥐를 몰듯이 말르쉐프와 오코노프의 보스들과 핵심인물들을 선착장으로 몰아서 한꺼번에 처리하는 것이 이 작전의 핵심이었다.

내부 구조를 알 수 없는 고택 침입은 코사크의 요원들도 상당한 희생이 뒤따를 수 있어서 보류되었다.

자칫하면 궁지에 몰린 쥐가 고양이를 물 수도 있는 상황이 될 수 있기 때문이다.

차량 안에서 여유롭게 별장으로 향하는 차들을 감시하는 자들에게선 긴장감을 찾아볼 수 없었다.

모스크바의 뒷세계를 장악하고 있는 8대 그룹 중 선두에 나서고 있는 말르쉐프와 오코노프의 모임을 방해할 만한 세력은 없었다.

목숨을 값없이 내던지는 어리석은 인간이 아니라면 말이다.

더욱이 자신들의 조직에서 경찰과 내무부로 흘러들어 가는 돈이 상당했기에 최고권력층이 움직이지 않는 한 경찰 또한 8대 그룹과의 마찰을 피했다.

"XIE—3777이 들어갔다."

—알았다, 확인하겠다.

말르쉐프 조직원이 무전을 통해서 임시검문소로 무전으로 연락을 마친 순간이었다.

쾅!

갑자기 차 안에 있던 감시자들은 큰 충격을 받아 쓰러졌다. 도로를 달리던 지프가 속도를 줄이지 않고 그대로 차 옆구리를 받아버린 것이다.

간신히 정신을 차린 인물은 머리에 피를 흘린 채 자동차 밖으로 나가려고 애를 썼다.

큰 충격을 받은 차량의 문은 열리지 않았다.

함께 타고 있던 동료들은 정신을 잃었는지 반응이 없었다.

깨진 차 유리 밖으로 몸을 내밀어 나가려는 순간, 누군가에 의해서 강제적으로 차 밖으로 끌려나갔다.

"흑!"

분명 어디 한 군데가 부러진 것이 확실했다.

고개를 들어 자신들을 공격한 인물을 확인하려는 순간.

퍽!

머리 쪽에 강한 충격과 함께 눈앞이 깜깜해지면서 정신을 잃어버렸다.

"입구를 제압했다."

코사크 전투대원이 무전을 끝내기가 무섭게 도로의 입구로 코사크의 타격대를 태운 특수차량 2대가 빠르게 지나쳐갔다.

"마타아르의 샤샤다."

자신의 차량을 세운 인물에게 샤샤는 차 창문을 열고 말했다.

그는 오코노프의 조직원이었다.

"명단을 확인했습니다. 통과!"

오코노프 조직원이 말에 차량을 막아선 임시 차단기가 위로 올라갔다.

차단기가 올라가자 샤샤를 태운 차량이 앞으로 나아갔다.

10m 정도를 이동할 때에 무서운 속도로 임시검문소 달려오는 차량이 백미러 뒤로 보였다.

말르쉐프와 오코노프 조직원들이 고함을 지르며 달려오는 차량을 향해 자동소총을 겨누었다.

그러자 샤샤가 탄 차량이 멈추고는 운전사와 샤샤의 경호를 맡은 두 인물이 차에서 내렸다. 그들의 손에는 소음기가 창작된 자동소총이 들려 있었고 마피아 조직원들을 향해 거침없이 자동소총을 난사했다.

투드트트! 트르르!

모두가 앞쪽에서 달려오는 차량에 신경을 쓰느라 뒤쪽은 무방비 상태였었다.

퍽! 퍽!

또한 차량에 몸을 숨긴 인물들도 어디서 날아왔는지 확

인되지 않은 총에 맞고는 고개가 앞쪽으로 꺾여졌다.

　단 한 번의 공격에 십여 명의 마피아는 제대로 된 반격조차 하지 못한 채 그대로 쓰러져 버렸다.

　샤샤의 차량에 탄 인물들 모두가 코사크의 대원이었다.

　바닥에 쓰러진 시체들을 빠르게 치워졌다.

　코사크의 한 대원이 특수차량에서 고성능폭약이 담긴 가방을 꺼내 샤샤의 트렁크에 실었다.

　샤샤가 탄 차량은 다시금 회의가 열리기로 한 고택으로 빠르게 향했다.

　고택 안으로 급하게 들어선 샤샤는 회의실이 있는 곳으로 곧장 걸어갔다.

　자신이 회의에 가장 늦은 것이다.

　그가 회의장에 들어서자 의자의 앉아 있는 아홉 명의 시선이 샤샤에게로 향했다.

　"늦어서 죄송합니다. 차에 문제가 생겨서……."

　샤샤는 말르쉐프가 앉아 있는 쪽으로 고개를 숙이며 말했다.

　말르쉐프는 사십 대 중후반으로 보였다. 한데 머리가 모두 백색으로 세어 있었다.

　말르쉐프는 말없이 빈 의자를 가리키자 샤샤는 의자로

향했다. 의자에 앉기 전 샤샤는 반대편에 앉은 오코노프의 보스인 아나똘리에게도 고개를 숙여 미안함을 표했다.

샤샤가 앉자마자 회의가 계속되었다. 말르쉐프와 오코노프의 핵심인물들이 돌아가면서 토론식으로 말을 꺼냈다.

"코사크를 이대로 두면 결국 우리의 사업이 많은 타격을 입을 것입니다. 우리에게 보호비를 내던 기업들이 코사크와 계약을 체결한 후 보호비를 끊어버렸습니다. 그 금액이 이번 달에만 6만 달러를 넘어서고 있습니다."

"문제는 코사크가 그리 만만치 않다는 것입니다. 저들을 우리 조직원들과 비교해서는 안 됩니다. 코사크의 인적구성원들 모두가 특수부대와 크렘린의 경호대 출신들입니다."

"물론 정면충돌을 하게 되면 우리가 받는 피해는 막대할 것입니다. 이럴 때는 뱀의 머리를 쳐야 합니다."

"강태수를 노리자는 것입니까?"

"그게 가장 좋은 방법입니다."

"실패를 하게 되면 오히려 우리가 큰 피해를 볼 수 있습니다. 그의 뒤에는 옐친이 있다고 합니다."

"그럼 우리 조직원이 아닌 인물을 내세우면 어떻겠습니까?"

"누굴 말입니까?"

"그를 죽이고 싶어 안달하는 인물이 있다고 합니다."

"놈에게 원한을 가진 인물입니까?"

"예, 놈과 같이 한국인이지만 출신은 북쪽입니다."

"북한인이라… 가능성은 얼마나 보십니까?"

"실력은 누구보다 뛰어납니다. 문제는 강태수가 그 암살 자의 얼굴을 안다고 합니다."

"문제가 있겠는데요? 강태수의 경호가 보통 삼엄한 게 아닌데, 가까이 접근하지 않으면 성공하기 힘듭니다. 그가 머무는 건물과 그 주변 일대는 코사크가 완전히 통제하고 있어 저격도 어려운 상태입니다."

"그럼 전혀 얼굴을 알지 못하는 인물이 좋을 텐데 말입니 다."

오코노프 조직의 한 인물이 말을 뱉으며 말르쉐프 뒤에 동상처럼 서 있는 인물을 바라보았다.

동서양의 흔적이 모두 느껴지는 외모는 순한 인상이었지 만 눈동자는 무척이나 사나웠다.

"이고리는 그런 일에는 움직이지 않는다."

조용히 이야기를 듣고 있던 말르쉐프가 입을 열었다.

그때였다.

쾅!

강력한 폭발음과 함께 건물이 심하게 흔들렸다.

그리고 곧바로 요란한 총성이 사방에서 들려왔다.

"뭐냐?"

회의에 참석한 인물들 모두가 당황한 기색이 역력했다.

그때 한 인물이 회의장으로 들어왔다. 고택의 경호를 책임지고 있는 인물이었다.

"습격입니다. 자리를 피하셔야겠습니다."

"누가 습격한 것이야?"

아나똘리가 다급하게 물었다.

"고도로 훈련이 된 놈들입니다. 이곳 방어선도 얼마 버티지 못할 것 같습니다. 강으로 빨리 가셔야 합니다."

경호책임자의 말에 회의장에 있던 인물들은 누가 먼저라 할 것 없이 서둘러 회의장 밖을 나섰다.

쾅! 타다탕탕!

연이어 들려온 폭발음과 총소리가 그들의 발걸음을 다급하게 했다.

그런데 말르쉐프와 그의 뒤에 서 있던 이고리는 회의에 참석한 인물들과 전혀 다른 방향으로 움직이고 있었다.

*　　　*　　　*

시발점은 마타아르의 샤샤가 타고 온 차에서 시작되었다.

그가 고택 안으로 들어간 지 10분 정도 경과한 후 샤샤의 차량에서 강력한 폭발이 일어났다.

함께 주차되어 있던 차량들이 모두 파괴될 정도의 강력한 폭발이었다.

이 여파로 주변에서 경비를 서던 경비인력들도 폭발에 휘말려 날아갔다.

그리고 정신을 차리기도 전에 사방에서 총알이 날아들었다.

경비를 서던 마피아들은 쏜 쓸 틈이 없이 쓰러졌다.

픽! 픽픽!

더구나 저격소총에서 발사되는 총알이 엄폐물을 찾아 반격하려던 마피아들의 숨통을 끊어놓았다.

쾅!

또 한 번의 폭발음에 정문을 사수하던 마피아 다섯을 날려 보냈다.

쿵!

철제문을 부수고 고택의 마당으로 난입한 코사크의 특수차량에서 대원들이 일사불란하게 내리면서 남아 있는 마피아들의 숨통을 끊어놓고 있었다.

뒤로 밀려나던 마피아들은 하나둘 총을 바닥에 내려놓고 손을 들었다.

막강한 화력과 코사크 타격대의 비호같은 움직임을 당해 낼 수가 없었다.

거기에 정확한 사격 능력은 마피아들이 따라올 수가 없었다. 목표물을 향해 난사를 하는 마피아들과 달리 코사크의 대원들의 사격은 정확한 탄착점을 찾아 날아들었다.

또한 특수부대 복장을 갖춘 코사크의 대원들을 러시아 내무부에 소속된 특수부대로 오해한 것도 마피아들을 위축시키는 데 한몫했다.

고택의 앞마당을 정리하는 데 고작 5~6분밖에 걸리지 않았다.

그러나 항복하지 않은 마피아들은 고택 안에 머물던 마피아들과 합류하여 강력하게 저항하고 있었다. 그 때문에 고택 뒤편으로의 접근이 어려웠다.

고택 뒤쪽에서 이어지는 길을 통해야만 선착장으로 갈 수 있었다.

"이러다가는 놓칠 수도 있습니다."

김만철이 상황을 살피며 말했다.

종소리가 하나둘 잦아들고는 있었지만, 고택 안에 들어가 남은 마피아들을 단숨에 정리하지 못하면 말르쉐프와 오코노프의 두 보스를 놓칠 수 있는 상황이었다.

"고택 안으로 대원들이 진입하면 사망자가 생길 수도 있는데… 할 수 없네요. 저도 함께 들어가겠습니다."

내가 말을 마칠 때 뒤에서 친숙한 목소리가 들려왔다.

"내가 들어가지. 자네가 다치면 가인이가 날 가만두지 않아."

"아니, 어떻게 여길?"

난 송 관장이 이곳에 온 걸 전혀 알지 못했기에 놀란 목소리로 물었다.

"예비 사위를 보호하려고 왔지."

"총도 없으신데 어떻게 하시려고요?"

"이게 있잖아."

송 관장이 엄지를 튕기자 작은 물체가 그의 손을 떠났다.

핑!

내 옆을 지나서 빠르게 날아간 작은 물체는 단단한 편백나무에 깊숙이 박혔다.

"지금 어떻게 하신 것입니까?"

"가르쳐 주어도 아직 넌 내부의 기운이 부족해서 힘들어. 하여간에 내가 들어가서 문을 열어주면 되는 거지?"

"그렇긴 한데 안쪽에 몇 명이 있는지도 알 수 없습니다."

"좁은 공간 내에서는 오히려 쪽수가 많은 게 불리할 수 있어."

송 관장의 말에는 여유가 넘쳐 났다.

"조심하셔야 합니다."

송 관장을 믿었지만, 총을 든 인물들이 한둘이 아닌 것이 문제였다.

"걱정하지 마라. 가인이의 손을 잡고 예식장에 들어가야 하니까. 제들이 내가 안으로 들어갈 때까지만 총을 쏘지 못하게끔 해봐."

"예. 하여간에 눈먼 총알도 조심하십시오."

"그래."

송 관장은 내 어깨를 치고 앞쪽으로 나섰다.

그와 동시에 고택의 창문을 향해서 코사크 대원들이 집중 사격을 했다.

고개를 내밀어 반격하던 마피아들이 몸을 안쪽으로 피했다.

그 틈을 이용하여 송 관장은 비호처럼 내달려 부서진 창문으로 뛰어 들어갔다.

그때 송 관장이 자신이 있는 쪽으로 접근하는 것을 안 마피아가 총을 겨누었지만, 송 관장의 손에서 떠난 쇠구슬이 그의 이마를 강타했다.

탁!

쇠구슬이 이마와 충돌하는 타격음이 들리는 순간 마피아 대원은 그대로 뒤로 넘어갔다.

쿵!

송 관장이 힘 조절을 하지 않았다면 정신을 잃은 마피아 대원은 이 세상 사람이 아닐 것이다.

고택 내부로 들어서자마자 자신에게 총을 겨누려고 하는 마피아들에게 연달아 쇠구슬을 날렸다.

핑! 핑!

바람을 가르는 소리가 확연히 들리는 쇠구슬은 두 명의 마피아들의 손등을 정확히 가격했다.

"아악!"

"악!"

고통이 느껴지는 비명이 잇따라 들려왔다.

자동소총을 손에서 놓은 채 손등을 부여잡은 채 길길이 뛰는 두 사람은 송 관장에게 반격할 생각조차 하지 못했다.

"컥!"

"큭!"

송 관장의 강력한 가위차기에 두 사람은 동시에 벽 쪽으로 처박혔다.

타다타탕!

두 사람이 당하는 순간 앞쪽에서 달려온 마피아가 송 관장에게 자동소총을 난사했다.

몸을 회전하며 왼쪽 벽으로 피하는 순간에도 그의 손에

서 또다시 쇠구슬이 튕겨 나갔다.

"헉!"

이번에는 목을 부여잡은 채 마피아 조직원이 그대로 무릎을 꿇었다.

순간 가해진 고통으로 얼굴이 시뻘게진 마피아 조직원은 숨을 쉴 수 없는지 금붕어처럼 입만 껌벅거리다가 앞으로 고꾸라졌다.

송 관장은 멈추지 않고 앞쪽으로 달려갔다.

총소리를 듣고 달려오는 마피아 조직원 둘이 총을 겨누는 순간, 송 관장은 벽을 타고 넘어 순식간에 그들 뒤로 떨어져 내렸다.

목표물을 찾아 뒤를 돌아봤을 땐 두 사람의 턱이 밑에서부터 솟구쳐 올라온 송 관장의 발에 가격당한 후였다.

누구라고 할 것 없이 두 사람 다 몸이 순간 허공을 떠올랐다가 그대로 바닥에 내동댕이쳐졌다.

쿵! 철퍼덕!

순식간에 아래층을 제압한 송 관장은 2층으로 향했다.

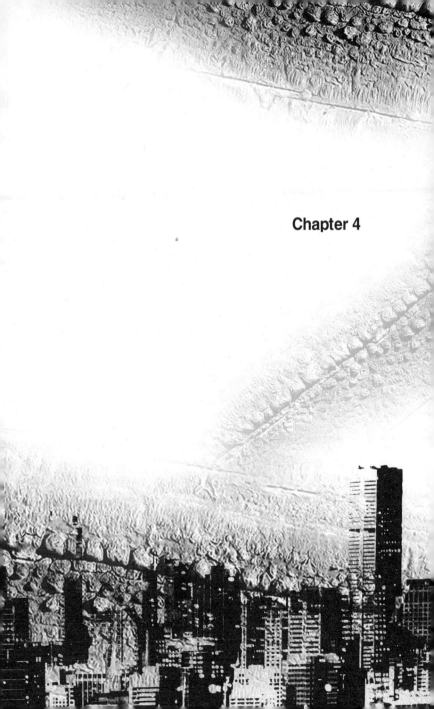

Chapter 4

2층에서는 여전히 총소리가 들려왔다.

송 관장이 2층으로 올라서는 순간 옆쪽에서 총이 아닌 군용대검이 불쑥 그의 앞으로 뻗어왔다.

송 관장은 동물적인 감각으로 고개를 왼쪽으로 꺾어 단검을 피했다.

기습에 실패한 인물은 송 관장의 반응에 놀라며 다시금 대검을 휘둘렀지만, 순간 그의 눈앞에서 송 관장이 사라졌다.

그리고 목 부위에 충격이 느껴진 후 자신의 의지와 상관없이 몸이 옆으로 기우는 것을 느꼈다.

쿵!

그것이 전부였다.

그는 바닥에 몸이 강하게 부닥친 순간부터 정신을 잃었다.

타다다탕!

또다시 송 관장을 향해 총알이 날아왔지만 송 관장은 이미 그 자리에 없었다.

마피아 조직원이 그걸 인지하는 순간부터 극심한 고통이 어깨에서 전해졌다. 불에 달군 쇠꼬챙이로 어깨를 지지는 듯한 고통에 총을 들 수가 없었다.

송 관장이 그를 지나쳐 앞쪽 방으로 향할 때 그 또한 바닥으로 나뒹굴었다.

송 관장은 3명의 인물을 더 처리했고 나머지는 코사크의 저격수들이 담당했다.

정확히 5분 만에 강력하게 저항하던 고택 안의 마피아가 깔끔하게 정리되었다. 만약 코사크 대원들이 고택에 들어가 진압했다면 부상자는 물론이고 사망자도 나올 수 있었다.

고택이 정리되자마자 오토바이와 특수차량을 탄 코사크의 대원들이 빠르게 두 조직의 보스를 쫓았다.

샤샤가 탄 차량에서 터진 강력한 폭발로 인해서 나머지 마피아들은 차량을 이용하지 못한 채 도보로 달아날 수밖에 없었다.

"야아! 아니 어떻게 하셨길래 5분밖에 걸리지 않습니까?"

김만철이 탄성을 내지르며 말했다. 그 또한 출중한 실력을 갖추고 있었지만, 자동소총을 가진 마피아들과 맨몸으로 대결한다는 건 엄두가 나지 않았다.

더구나 송 관장처럼 쇠구슬을 손으로 튕겨내지도 못했다.

"솔직하게 나도 많이 떨었어. 마피아들의 사격 솜씨가 뛰어나지 않은 것이 다행이었지."

"정말 대단하십니다. 저도 서너 명은 얼추 가능하겠지만, 그 이상은 어렸습니다. 형님은 타고난 격투가이십니다."

티토브 정 또한 이렇게나 빨리 고택이 정리될 줄 몰랐는지 연신 감탄했다.

"왜 그래. 자네도 마음만 먹으면 가능하잖아?"

송 관장은 티토브 정의 숨겨진 실력을 알고 있었다.

"저는 이 정도까지는 아닙니다."

티토브 정이 손사래를 치며 말을 할 때 무전이 들어왔다.

코사크 타격대가 선착장을 접수했고 달아나던 마피아들

을 잡았다는 소식이었다. 오코노프를 이끌던 아나똘리는 전투 중에 사살되었다는 소식이었다.

그런데 말르쉐프는 보이지 않는다는 소식도 같이 왔다.

달아났던 마피아들의 말에 따르면 말르쉐프는 선착장으로 가지 않고 고택에 남았다고 한다.

말르쉐프를 제거하지 않으면 다른 마피아 8대 그룹과 전쟁이 벌어질 수도 있었다.

어떻게든 말르쉐프를 찾아야만 했다.

고택에 남아 있던 모든 코사크 대원들이 수색을 시작했다.

"다른 곳으로 빠져나갈 만한 곳이 없는데."

김만철의 말처럼 뒤쪽으로 나 있는 선착장 길 외에 나머지는 코사크 대원들이 장악한 상태였다.

"혹시 고택 내에 비밀통로라도 있는 것 아니야?"

귀신처럼 몸을 감춘 말르쉐프였다.

"그럴 수도 있겠습니다."

말르쉐프의 행방이 묘연해진 지금 상황에서 송 관장의 말이 맞을 것 같다는 생각이 들었다.

우리는 곧장 고택의 지하실로 향했다.

지하실은 상당히 넓었고 술을 보관했던 창고도 눈에 들어왔다.

어두운 지하실을 10분 정도 뒤졌지만, 비밀통로로 쓰일 만한 곳은 눈에 들어오지 않았다.

"어디로 숨은 거야?"

조금은 짜증 섞인 목소리로 말하는 김만철이 술을 담아 두었던 낡은 오크통에 기대자, 통이 뒤로 살짝 밀려 들어갔다.

"어! 뭐지?"

김만철의 목소리에 발걸음을 그에게로 향했다.

"뭐라도 발견하셨습니까?"

"여기 통이 이상한데……."

김만철이 오크통을 힘 있게 밀어내자 오크통이 뒤쪽으로 움직였다.

그곳에는 성인 한 사람이 충분히 통과할 수 있는 연결 통로가 나 있었다.

통로는 앞쪽으로 길게 이어져 있었고 외부 탈출로로 만들어진 통로 같았다.

지하로 내려왔던 10명의 인원 중, 송 과장을 포함한 4명은 만약을 대비에 입구를 지켰고 나를 포함한 6명이 통로로 들어섰다.

어두운 통로는 마치 2차 세계대전에 만들었던 지하 방공호처럼 점점 넓어져 갔다.

10분 정도 통로를 따라 들어가자 넓은 공간이 나왔다.

그곳에는 두 개의 방과 외부로 연결된 계단이 있었는데, 관리가 제대로 되지 않아서인지 밖으로 통하는 계단이 무너져 있었다.

무너진 계단 때문에 외부로 탈출하지 못한 2명의 인물이 우리를 맞이했다.

"후후! 누군가 했는데 코사크였었군. 우리가 한발 늦은 거였어."

백발의 사내가 자책하듯 비릿한 웃음을 토해내며 말했다. 그는 우리가 목표로 한 말르쉐프였다.

"운명이란 항상 한 치의 앞을 내다볼 수 없는 것이오."

"당신이 그 유명한 강태수군. 아나똘리는 어떻게 되었나?"

"안타깝게도 끝까지 저항을 멈추지 않았소이다."

"크크! 아나똘리답지 않군. 배신자가 누구인지 궁금한데 말이야. 이곳에서 곰곰이 생각을 해봤는데도 딱히 배신자가 떠오르지 않더군. 마지막이 될 것 같은데 궁금증을 풀어줄 수 있겠나?"

말르쉐프는 자포자기한 심정으로 말했다.

"굳이 사실을 알면 마음만 더 아플 뿐이오."

"하하하! 그럴 수도 있겠군. 하지만 말이야, 날 잡으러 이

인원만 데려온 것은 너의 큰 실수야."

말르쉐프의 말이 끝나자마자 어두운 천장에서 우리 쪽으로 검은 그림자가 떨어져 내렸다.

검은 그림자는 순식간에 우리 앞에 있던 코사크 대원 세 명을 무력화시켰다. 너무나 갑작스러운 일이라 제대로 대응을 하지 못했다.

만만치 않은 코사크 대원들을 단숨에 처리한 그림자의 동작이 상당히 괴이했다.

김만철과 티토브 정이 동시에 나를 뒤쪽으로 밀어냈다.

바닥에 쓰러진 코사크 대원들만 총을 들고 있었기 때문에 우선적으로 노린 것 같았다.

그림자가 고개를 들어 우리를 쳐다보자 그의 몸에서 강렬한 투기가 전해져 왔다.

그는 말르쉐프의 그림자로 불리는 특급경호원 이고리였다.

"이제 공평해졌군. 아니, 불공평해졌다고 해야 하나?"

말르쉐프의 입에서는 자신감 넘치는 말이 흘러나왔다.

말르쉐프의 말처럼 지금 서로 마주 보고 서 있는 인물들은 3 대 3이었다.

말르쉐프 옆에 있는 인물은 고택의 방어를 지휘했던 인물로 그 또한 만만해 보이지 않았다.

난 바닥에 쓰러진 코사크 대원들을 살폈다. 다행히 정신을 잃었지만 모두 숨을 쉬고 있었다.

"방심한 대가가 크군."

"아니지, 그건 내가 해야 할 말이야. 바로 결정을 내리지 못한 실수로 이 지경이 되었으니까 말이야."

말르쉐프는 검지를 좌우로 가로저으며 말했다.

"넌 여길 빠져나가지 못한다."

"조금 전까지는 그렇다고 생각했었지. 하지만 네가 직접 이곳에 들어온 순간부터 상황이 아주 많이 달라졌어. 널 인질로 해서 이곳을 벗어날 생각이니까."

여유롭게 말을 하는 말르쉐프 얼굴에는 자신감이 넘쳐 났다.

"하하하! 웃긴 소리를 하는군. 내가 이곳에 직접 들어온 것은 널 잡을 수 있는 능력이 있기 때문이야. 그런 자신감이 없다면 이곳에 오지 않았겠지."

"그 자신감이 마음에 드는군. 공평하게 내가 널 상대해 주지. 두 놈은 모두 죽여라."

말르쉐프의 말이 끝나자마자 이고리와 경비책임자였던 미하일이 움직였다.

이고르는 티토브 정이 미하일은 김만철이 상대했다.

자세를 잡고 내 앞에 선 말르쉐프는 자세를 잡았다. 그는 젊은 시절 권투를 했고 구소련 챔피언과 유럽 챔피언까지 지냈던 실력파였다.

세계챔피언 도전권을 따놓고서 우연히 휘말린 폭력 사태로 인해서 도전권과 선수 자격이 박탈되었다.

그 이후 말르쉐프는 권투를 떠나 어둠의 세계로 발을 디뎠고, 지금까지 쭉 이어져 온 것이다.

"한국에는 태권도라는 무술이 유명하다지? 네가 그거라도 배웠길 바란다."

거리를 좁혀오는 말르쉐프의 움직임은 제대로였다. 그가 익힌 권투는 어찌 보면 실전에서 가장 요긴하게 써먹을 수 있는 무술이었다.

"그럼 보여주면 되겠군."

나는 말이 끝나자마자 재빨리 몸을 회전시켜 힘이 실린 발차기를 날렸다.

팍!

말르쉐프의 얼굴을 노린 공격은 양팔로 얼굴을 막은 가드 위였다.

주르륵!

가드 위였지만 말르쉐프가 뒤로 물러날 정도로 묵직한 공격이었다.

그 때문인지 말르쉐프의 표정이 순간 바뀌었다.

티토브 정과 이고리는 섣불리 움직이지 않았다. 옆쪽에서 서로 치고받고 싸움을 펼치고 있는 김만철과 미하일과는 확연히 달랐다.

그 둘이 서 있는 공간은 다른 인물들이 침범할 수 없는 공간처럼 느껴졌다.

그 공간에는 다른 곳보다 더 무거운 공기가 흐르는 것처럼 무겁고 끈적끈적한 느낌이 가득했다.

그 무거움은 두 사람의 몸에서 뿜어져 나오는 투기가 부딪치면서 공기를 데운 결과였다.

서로를 바라보는 두 사람의 눈은 먹잇감을 노려보는 맹수와 다를 바가 전혀 없었다.

티토브 정과 이고리의 머릿속에서는 치열한 수 싸움이 벌어지고 있었다.

'이런 놈이 어디서 나온 걸까?'

티토브 정은 송 관장에게서 느꼈던 강인함을 이고리에게서도 느끼고 있었다.

한데 이고리의 강함은 송 관장하고는 다른 느낌이었다. 송 관장이 거대한 바위처럼 묵직한 기운 같다면, 이고리는 축축한 어둠이 스멀스멀 휘감아 서서히 질식하게 만드는 느낌이었다.

마치 아마존 밀림에 사는 아나콘다가 먹잇감을 강력한 힘으로 휘감아 질식시켜 죽이듯 말이다.

그러한 이고리의 기운은 사람의 기분마저 바꿔 버리고 있었다.

하지만 티토브 정의 투기는 이고르의 기운을 찢어버리려는 듯이 맹렬히 움직였다.

"강하군. 음, 그것도 아주 많이."

이고리는 마치 티토브 정의 몸에서 뿜어져 나오는 기운의 냄새를 맡는 것처럼 깊숙이 숨을 들이마시며 말했다.

어두운 기운을 쏟아내는 거와 달리 이고리의 목소리는 맑았다.

'싸움 실력을 타고난 놈이군. 조심해야겠어.'

티토브 정이 생각을 마칠 때 이고리가 움직였다. 그런데 티토브 정의 정면으로 주먹을 내지르는 동작은 무척 평범했다.

'허수!'

티토브 정은 뒤로 물러나지 않고 오히려 앞으로 한 발 디나가면서 이고리의 목젖을 향해 손을 뻗었다.

그러자 이고리는 티토브 정이 그렇게 나올 것을 알았다는 듯이 동작을 바꿔 자신에게 뻗어오는 손을 부여잡으려고 했다.

티토브 정 또한 이고리의 동작에 맞추어 움직임을 바꿨다. 왼손으로 이고리가 오른손을 쳐냈다.

그러자 그 힘을 이용하여 이고리의 몸이 팽이처럼 돌며 팔꿈치로 티토브 정의 관자놀이를 노렸다.

'늦었다.'

팍!

경쾌한 타격음이 들리며 티토브의 몸이 옆으로 기우는 것이 보였다.

하지만 쓰러지는 찰나에 왼손으로 바닥을 차면서 오른발로 이고리의 턱을 공격했다.

퍽!

전광석화와 같은 동작이었다. 자세를 잡기도 전에 펼친 이번 공격에 이고리도 공격을 허용했다.

그러나 둘 다 사신들이 원하는 공격을 절반만 성공시켰다.

모두 방어를 하던 또 다른 손에 막혔던 것이다.

단 십여 초 동안이지만 눈이 따라가지 힘들 정도의 공격과 방어를 두 사람은 보여주었다.

뒤로 물러나며 호흡을 고르는 티토브 정과 이고리는 상대방의 움직임에 놀란 표정이었다.

김만철은 티토브 정보다는 손쉽게 미하일을 상대했다. 미하일은 킥복싱과 삼보를 익혔지만, 북한 격술의 대가인 김만철에는 미치지 못했다.

김만철의 한 수 빠른 공격과 움직임에 미하일은 공격하지 못한 채 방어에만 급급했다.

그나마 미하일은 큰 덩치와 맷집으로 버티고 있었다.

말르쉐프의 스트레이트를 옆으로 흘리면서 그의 허벅지를 다시 한 번 강하게 찼다.

팡!

경쾌한 타격음과 함께 말르쉐프가 뒤로 물러났다. 타격을 입어서인지 왼발을 불편한 듯 절었다.

말르쉐프는 절대로 약하지 않았지만 난 지금까지 그보다 강한 인물들과 싸워왔다.

그리고 그가 싸우는 방식은 틀에 박혀 있었다.

말르쉐프는 아픈 다리 때문에 자세가 흔들리자 동작이 더욱 커졌다

팡!

또다시 절고 있는 왼쪽 허벅지에 충격이 가하는 소리가 들려왔다.

"큭! 싸움을 지저분하게 하는군."

말르쉐프는 더 버티지 못하고 한쪽 무릎을 꿇었다.

"난 이기는 싸움을 하고 있을 뿐이야. 자신만만하던 '여유'가 이젠 사라졌나 보지?"

"넌 도대체 누구길래 이럴 수가 있는 거지?"

말르쉐프는 자신의 상황을 도저히 믿기 힘들다는 듯이 내게 물었다.

그는 날 단지 기업인으로 보았던 것이다.

"분명 너에게 경고를 보냈는데도 우습게 여기더군. 나와 내 주변을 건드리면 안 된다는 것을 말이야."

말르쉐프와 관련된 알로사의 직원들을 모두 퇴사시켜서 다이아몬드 유착 고리를 끊었었다.

하지만 말르쉐프 조직원들은 다시금 알로사의 직원들에게 접근했었고 난 그것에 대해 경고를 했었다.

"끙! 지금에야 조금 후회가 되긴 하네. 하지만 이 세계의 남자라면 그걸 넘어서고 이겨내야 살아갈 수 있는 거지. 오늘의 결과는 내가 한발 늦게 움직인 결과일 뿐이야."

말르쉐프는 아픈 다리에 다시금 힘을 주면서 일어났다.

"그 용기와 참을성은 인정해 주지. 이젠 그만 끝내야겠지."

말르쉐프가 자세를 잡을 때까지 기다려 주었다.

"이고리를 저렇게까지 상대하는 놈도 대단하군. 확실히

오늘은 질 수밖에 없는 게임을 내가 선택했군."

난 말르쉐프의 말처럼 티토브 정과 이고리는 우열을 가리기 힘들 정도로 공방을 벌이고 있었다.

하지만 난 티토브 정이 지닌 무서움을 알고 있었다. 그는 강한 자를 만나면 더 강해졌다.

"자! 이번에는 내가 먼저 가지."

말을 끝내자마자 말르쉐프에게 접근하여 주먹을 뻗었다. 지금까지의 변칙 공격과 다르게 정직한 공격이었다. 하지만 그 빠르기가 만만치가 않았다.

말르쉐프는 전진 더킹으로 내 주먹을 피하려고 했지만 아픈 다리가 따라주지 않았다.

그러자 내 주먹을 피하지 않은 채 큰 스윙으로 아래에서 위로 어퍼컷을 날렸다.

최선을 다한 일격이었기에 주먹에는 묵직한 힘이 더해졌다.

하지만 말르쉐프의 회심의 주먹은 내 얼굴에 닿지 못했다.

퍽!

내 주먹은 그가 생각했던 것보다 빨라고 그의 다리는 그의 생각대로 움직이지 않았다.

털썩!

정확하게 턱에 걸쳐진 주먹에 의해서 말르쉐프는 그대로 허물어졌다.

그와 동시에 김만철과 싸우던 미하일도 뒤로 넘어가고 있었다.

쿵!

큰 덩치에 맞게 넘어가는 소리도 컸다.

이젠 남은 것은 이고리였다.

이고리는 주변 상황에 전혀 개의치 않은 채 티토브 정과의 싸움에 집중했다.

마치 티토브 정과의 싸움을 즐기는 듯한 모습이었다.

몸을 전후좌우로 회전하면서 날리는 발차기는 빠르기는 물론이고 그에 실린 힘이 장난이 아니었다. 문제는 어떤 동작에서도 발차기가 나온다는 것이었다.

브라질의 전통무술인 카포에이라와 비슷해 보였지만 그와는 다른 동작들이 연속되어 펼쳐지고 있었다.

일반 무술인이라면 도저히 가능하지 못한 동작들을 펼치는 이고리의 공격을 막아내는 티토브 정도 대단했다.

거기에 방어만 하는 것이 아닌 적절한 공격을 펼치면서 이고리의 범위를 잠식해 들어갔다.

화려하고 변칙적인 공격을 보여주는 이고리와 최소한의 움직임을 통해서 공격의 흐름을 끊어버리는 티토브 정의 동작과 공격기술은 눈으로 보고도 따라 하기 힘든 동작들이었다.

한 치의 양보도 없이 펼쳐지는 용호상박의 싸움은 송 관장의 등장으로 멈춰졌다.

티토브 정과는 다른 기운을 드러내는 송 관장의 투기가 이고리의 움직임을 흔들리게 했기 때문이다.

나와 김만철이 싸움을 지켜볼 때와는 전혀 다른 양상이었다.

"또 다른 강자의 등장인가? 크크크! 길들일 수 없는 야수를 품고 있군."

이고리는 기괴한 웃음과 함께 뜻을 알 수 없는 말을 내뱉었다.

그는 슬쩍 쓰러진 말르쉐프와 미하일을 쳐다본 후에 곧장 벽을 차고 날아올랐다.

그러고는 날쌘 고양이처럼 끊어진 탈출 계단의 위쪽 난간에 올라섰다.

"저놈을 잡아야지?"

송 관장이 날 보며 물었다.

"예, 놓치면 힘들어집니다."

내 말이 끝나기가 무섭게 송 과장의 손에서 쇠구슬들이 연달아 튕겨 나갔다.

핑! 피핑!

탈출로의 뚜껑을 열려고 했던 이고리가 이리저리 난간의 손잡이를 붙잡고 날다람쥐처럼 송 관장이 날린 쇠구슬을 피했다.

그 동작을 펼치다가 그대로 탈출구를 막고 있던 문을 향해 몸을 날렸다.

쾅!

나무로 된 문이 부서지면서 파편들이 아래도 떨어져 내렸다.

핑!

그리고 또다시 송 관장의 손에서 떠난 쇠구슬이 문을 부수고 달아나는 이고리에게 날아들었다.

하지만 이번에는 탈출 계단의 난간에 부딪히면서 각도가 꺾이면서 쇠구슬의 방향이 급격히 바뀌었다.

그 때문인지 이번에는 피하지 못했다.

"큭!"

그리고 짧은 신음성이 들렸지만, 이고리는 그대로 사라져 버렸다.

Chapter 5

　이번 작전으로 말르쉐프와 오코노프 조직의 중간간부 절
반이 사망했거나 크게 다쳤다.

　코사크 대원들도 부상자가 나왔지만, 사망자는 발생하지
않았다.

　난 말르쉐프를 죽이지 않았다. 그렇다고 말르쉐프를 그
대로 리시아에 내버려 두면 또다시 그가 이끄는 조직과 전
쟁을 벌여야 한다.

　그래서 그에게 가족들과 함께 러시아를 떠나라는 조건을
제시했다. 솔직히 그의 남자다움에 죽이고 싶은 마음이 사

라졌다.

말르쉐프는 코사크 대원이 바닥에 떨어뜨린 총을 잡을 기회가 있었는데도 나와 정면대결을 펼쳤다.

샤샤와 달리 결혼을 하지 않은 말르쉐프는 어머니와 누나를 끔찍이 아꼈다.

말르쉐프가 가지고 있던 개인 재산은 상당했기 때문에 외국으로 떠나는 건 문제가 되지 않았다.

대신 러시아와 멀리 떨어진 곳이어야만 했다.

결국 말르쉐프는 깊은 고심 끝에 브라질로 떠났다. 탈출로에서 사로잡힌 미하일 또한 그와 동행했다.

말르쉐프와 오코노프 아나톨리가 사라지자 두 조직은 무너져 내렸고, 그 정리를 샤샤가 전면에 나서서 빠르게 처리해 나갔다.

샤샤보다 서열이 높았던 인물들이 죽거나 재기불능의 부상에 빠진 상황이었기에 그를 막을 만한 인물이 없었다.

또한 말르쉐프와 오코노프 두 조직의 합병도 함께 추진되었다.

보스의 부재를 노려 두 조직이 차지했던 영역을 노리는 다른 마피아 조직들이 있었기 때문에 조직 간의 합병도 빠르게 진행되었다.

다행히 두 조직은 서로 왕래를 잦았기 때문에 합병을 반대하는 인물들도 적었다.

두 조직에서 죽어나간 인물들이 적지 않았기에 그들이 차지했던 위치와 이익을 보장한 것도 반발을 최소화하는 데 큰 도움이 되었다.

그리고 샤샤의 모든 움직임을 지원하고 조정한 것은 물론 나였다.

모스크바의 8대 그룹은 7대 그룹으로 재편되었고, 샤샤가 이끄는 새로운 조직인 말르노프가 모스크바에서 가장 강력한 조직으로 급부상했다.

두 조직으로 인해서 나에게 부수적인 수입이 떨어졌다.

말르쉐프는 모스크바 소매점의 37%, 그리고 운송사업의 30%를 장악하고 있었다. 오코노프 또한 건설업과 유통업 쪽에 손을 대고 있었다.

마피아들이 합법적인 사업을 통해서 빌어들이고 있는 수익도 상당했다.

두 조직이 하나가 되면서 합법적인 사업은 내 손을 거치게 되었다.

건설업은 닉스E&C로 소매점 사업과 유통업은 도시락과

연결했다.

또한 운송사업 부분은 세레브로 제련공장과 협조하게 하였다.

이제 하나의 조직으로 된 말르노프가 벌어들이는 합법적인 돈은 소빈뱅크와 거래하게 된다.

말르노프의 보스가 된 샤샤는 전 조직원들에게 코사크와는 절대로 충돌하지 말 것을 명령했다.

모스크바의 나머지 6대 그룹들은 말르쉐프와 오코노프의 보스가 순식간에 뒤바뀌고 조직이 하나로 합병한 것에 대해 큰 충격을 받았다.

그리고 그 일련의 과정들에 나와 코사크가 있다는 것을 인지하기 시작했다.

그들의 선택은 둘 중 하나였다.

힘을 합하여 나를 제거하던가 아니면 나와의 충돌을 피하는 것이었다.

하지만 그들은 나와의 충돌로 인해서 자칫 모스크바가 무주공산(無主空山)으로 될 수도 있다는 점을 무시할 수 없었다.

그렇게 되면 모스크바는 다른 지역의 마피아조직에 쉬운 먹잇감으로 전락할 수 있었다.

또한 제첸 마피아와의 전쟁을 벌여온 피로감도 그들의

발목을 잡았다.

결국, 그들은 후자를 선택할 수밖에 없었다.

마피아들까지 영향력을 행사하게 된 지금, 모스크바에는 날 건드릴 만한 인물이나 조직은 없었다.

문제가 있다면 단지 날 습격했던 안동식과 달아난 이고리뿐이었다.

이고리는 미스터리한 인물이었다.

티토브 정처럼 백야의 뿌리가 연결된 인물일까 하고서 그의 손을 유심히 살폈지만, 연꽃 문양이 새겨져 있지 않았었다.

그가 다시 내 앞에 모습을 드러낼지는 알 수 없지만, 백야의 인물인 티토브 정과 대등하게 싸운 그의 실력이 날 불안하게 했다.

*   *   *

모스크바의 일을 정리한 나는 곧장 상하이로 향히는 비행기에 몸을 실었다.

블루오션상하이의 공장 세팅은 모두 완료된 상태였다.

모집한 현지 직원들의 교육도 원만하게 이루어지고 있었고 직원들의 임시 숙소도 마련되었다.

합작관계에 있는 류칭지의 건물에 생산시설을 갖춘 후, 이곳에서 생산이 이루어지는 동안 신규 공장 건설을 진행할 계획이다.

이미 합작 상대인 등소평의 아들 등질방(덩즈팡)이 소유한 토지를 넘겨받아 정리 작업을 진행하고 있었다.

7천 평의 토지에 공장과 직원들의 숙소를 내년 후반까지 완공할 계획이다.

하지만 북한 신의주의 특별행정구에 블루오션이 입주할 생각을 하는 상황에서 공장의 규모가 계획했던 것보다 축소될 여지가 있었다.

중국은 개혁개방을 통해서 국내 업체뿐만 아니라 많은 외국 업체들이 점차로 자리를 잡아가고 있었다.

다들 자국 내에서 사양산업과 혐오산업들로 여겨지는 공장들이 중국으로 넘어오고 있었다.

이들의 선택은 모두가 중국의 저렴한 인건비와 물가 때문이었다.

중국은 이러한 상황을 통해서 자국 내 부족한 기술을 습득하여 낙후된 기술을 발전시키려고 했다.

그래서 공해유발 산업도 적극적으로 유치했다.

문제는 중국에 진출했던 기업들 상당수가 기술만 빼앗기고 현지 적응에 실패해 돌아오는 경우가 많다는 것이다.

블루오션상하이도 이러한 상황을 염두에 두어야만 했다.

상하이는 하루가 다르게 달라지고 있었다.

다시 찾은 상하이에는 새로운 상점들과 짓고 있던 고층 건물들이 하나둘 완공되고 있었다.

닉스의 제품들이 입점한 미쓰코시 상하이점도 개점하여 운영을 시작했다.

공항에는 현지에서 통역과 비서 업무로 채용된 박용서가 마중을 나왔다.

"어서 오십시오, 대표님."

"일을 잘 처리해 주어서 감사합니다."

박용서는 내가 없는 상황에서 상하이에 파견된 블루오션과 명성전자의 직원들과 함께 공장을 완벽하게 세팅해 놓았다.

국내에서 파견한 직원들은 중국어를 못 하기 때문에 박용서의 도움이 절대적이었다. 또한 그의 추천으로 함께 칭화대학을 졸업한 조선족 동기들 2명이 회사에 입사했다.

두 사람 다 실력이 뛰어난 친구들이었다.

"아닙니다. 당연히 제가 해야 할 일인데요."

"용서, 우리는 안 보이냐?"

뒤에 있던 김만철이 박용서를 향해 말했다.

"오셨습니까."

박용서는 김만철과 티토브 정에게 살짝 고개만 숙여 인사를 건넸다.

나에게 구십 도로 허리를 굽혀 인사를 건넨 것하고는 확연히 달랐다.

"뭐냐? 대표님을 대하는 거와는 너무 다르잖아?"

"그럼 어떻게 대표님과 형님들을 똑같이 대합니까? 대표님은 둘도 없는 제 은인이신데요."

박용서는 김만철과 티토브 정과 호형호제하는 사이가 되어 있었다.

"형님들에게도 조금은 더 살갑게 대해야지. 내가 볼 때 대표님에게는 사정없이 꼬리 치는 삽살개처럼 보이더구면."

"예, 대표님이 시키시면 전 삽살개도 될 수 있습니다."

박용서는 당연하다는 듯이 말했다.

"하하하! 이러다가 두 사람이 싸우겠습니다. 어서 가시지요, 중국요리가 먹고 싶다고 하셨잖습니까?"

두 사람의 다툼은 마치 놀이터에서 놀던 어린아이들이 사소한 이유로 싸우는 거와 다를 바가 없었다.

"제가 군기 좀 잡아도 아무 말 하지 마십시오."

"정 형님에게는 제가 힘이 좀 달리지만, 만철이 형님은 저한테 좀 딸리실 텐데요."

박용서는 김만철의 화를 돋을 만한 말만 했다.

"좋아, 저녁 먹고 한판 붙어. 내가 제대로 격술을 보여줄 테니까."

"대표님이 허락하시면 저야 뭐 상관없죠."

박용서는 자신 있는 표정이었다. 사실 함께한 시간이 짧았기에 박용서의 실력을 정확히 알지 못했다.

"대표님, 저에게 도발하는 것 보셨죠? 이걸 그냥 넘어가면 안 됩니다."

"하하! 이러다가 정말 큰 싸움 나겠습니다. 그냥 적당히 몸을 푸는 대련만 한다면 허락하겠습니다."

"들었지? 단단히 각오하고 있어."

김만철은 내 말이 떨어지기 무섭게 박용서를 향해 말했다.

"각오까지 할 것도 없을 같은데."

열을 내는 김만철과 달리 여유로운 모습의 박용서였다.

내심 박용서의 실력을 가늠할 좋은 기회이기도 했다.

우리는 공장 세팅에 수고한 직원들과 함께 상하이에서 유명한 식당에서 저녁 식사를 했다.

블루오션상하이의 생산 책임은 명성전자의 박경수 과장과 김문식 대리가 담당했고, 여섯 명의 한국 직원들이 그들을 보조했다.

그리고 기술적인 문제를 해결하기 위해서 블루오션의 조수용 대리가 파견되었다.

블루오션의 개발팀은 석 달에 한 번씩 돌아가면서 블루오션상하이에 순환근무를 하기로 했다.

블루오션의 개발직원이 늘어나면 그 기간은 더 줄어들 것이다.

"여러분들의 수고가 회사 발전을 한층 더 이끌어 갈 것입니다. 오늘은 맛있는 것도 많이 드시고 실컷 마시십시오."

직원들은 내 말에 호응하면서 박수를 쳤다.

블루오션과 명성전자의 직원들은 내가 얼마나 바쁜 인물인지 잘 알고 있었다.

한동안 신문방송이 북한 신의주 특별행정구와 룩오일에 관련된 기사로 도배되다시피 했다.

그 기사의 중심에 있는 인물이 나였기 때문에 회사의 직원들은 새삼 나의 존재를 대단하다 느끼는 듯했다.

그래서인지 내가 직접 직원들을 격려하고 챙기자 전보다 더 직원들은 좋아하고 감격해했다.

"술 한잔 받으십시오, 정말 수고가 많았습니다."

나는 내 옆자리에 앉은 박경수 과장에게 술을 따라주며 말했다.

"감사합니다. 바쁘시다고 들었는데 이렇게 챙겨주셔서 고맙습니다."

"아닙니다. 당연히 해야지요. 중국 직원들은 어떻습니까?"

현재 블루오션상하이의 현지 중국 직원들은 모두 55명이었다.

"예, 처음에는 좀 어려워했는데 지금은 모두 적응을 마쳤습니다. 당장 이번 주라도 생산에 들어갈 수 있습니다."

박경수 과장은 자신 있게 말했다.

"기분 좋은 말이네요. 한데 아까 하신 말씀 중에서 이상한 직원이 들어왔다는 말은 무엇입니까?"

"예. 그게 일반적인 생산직 직원으로 보기에는 알아듣는 거나 이해하는 수준이 보통이 아닌 것 같아서요. 제가 봤을 때는 회로도를 볼 줄 아는 것 같았습니다."

"아니, 그런 친구가 왜 생산직으로 지원했을까요?"

"글쎄요. 저도 그게 궁금해서 물어보았는데, 다른 사람보다 관심이 많아서 그런 것뿐이라는 대답만 들었습니다. 그 친구가 이해력이 뛰어나서 저희가 가르쳐 준 것을 다른 직원들에게 다시 설명해 주어서 교육을 빨리 끝낼 수 있어서 좋긴 했습니다."

박경수 과장의 말에 뭔가 꺼림칙한 기분이 들었다. 회로도를 볼 줄 안다면 공장에서 생산하는 제품을 그대로 카피해서 만들어낼 수 있었다.

중국 현지에 진출했던 기업 중 상당수가 현지 채용 직원과 협력업체 관계자에 의한 기술 유출로 고생하고 있었다.

아직 그에 대한 중국 측 단속기관도 없었다. 기업들도 뚜렷한 대응책을 갖고 있지 않았고 보안 관련 투자도 미비했다.

"그 친구는 내일 제가 한번 만나 보도록 하죠. 그리고 이곳 상하이 공장은 적당한 수준으로 끌고 갈 것입니다. 앞으로는 신의주의 특별행정구에 공장을 설립해서 중국과 다른 나라들을 공략할 것입니다."

박경수 과장에게 앞으로의 계획을 알려주었다.

"그럼 국내 공장을 신의주로 이전하는 것입니까?"

"아닙니다. 별로의 공장을 새롭게 설립할 것입니다. 구로공장은 국내 생산을 담당하고 상하이와 신의주 공장은 중국 내수와 수출에 주력할 것입니다."

상하이공장은 등질방을 앞세워서 중국 판매에 주력할 생각이었다. 그리고 앞으로 세워질 신의주공장은 미국을 비롯한 해외 각지로 나가는 수출형 공장으로 성장시킬 예정이다.

"정말이지 회사가 빠르게 커 나가고 있는 것 같습니다.

이전에는 이대로 가면 회사가 문을 닫는 게 아닌가 하는 걱정이 앞섰었는데 말입니다."

박경수 과장의 말처럼 명성전자는 점차 인기가 사라지고 있던 라디오 생산업체였다.

일본 회사의 하청을 받아 생산하던 라디오도 점차 중국 회사들에게 시장을 빼앗기고 있었다. 그 시기에 명성전자는 PC 조립에 새롭게 뛰어들었고 상당한 돈을 투자해 PC케이스와 조립 부품을 개발했지만, 시장에서의 경쟁력은 크다고 볼 수 없었다.

이런 상황에 놓이지 명성전자는 라디오 생산라인를 줄일 수밖에 없었고 그에 따라 생산직 직원들도 감원했었다.

하지만 지금은 나로 인해 모든 것이 달라졌다.

전문제조업체로 탈바꿈한 명성전자는 블루오션과 비전전자에서 개발한 제품들을 생산했다.

그것만으로도 많은 이익이 발생했고 회사의 어려움은 완전히 사라졌다.

"앞으로 더 바빠질 것입니다. 그리고 열심히 일한 만큼의 노력과 결과는 제가 책임지고 보상할 것입니다."

"예, 열심히 하겠습니다. 대표님의 말씀은 단 한 번도 틀린 적이 없으니까요."

명성전자의 박경수 과장뿐만 아니라 내가 운영하는 모든

회사의 직원들은 나를 무척이나 신뢰하고 잘 따라주고 있었다.

그의 말처럼 내 입에서 나온 말들은 모두 현실로 이루어졌고 틀린 적이 없었다.

저녁 식사를 마친 후 호텔에 머물고 있을 때 등질방에게서 연락이 왔다.

자신도 상하이에 있다는 전갈이었다.

그는 사업을 벌이고 있는 상하이는 물론이고 홍콩과 베이징에 머무는 시간이 많았다.

등질방으로 인해서 김만철과 박용서와의 대련은 다음으로 미루어야만 했다.

상하이의 지리에 훤해진 박용서가 운전하는 승용차를 타고 등질방이 머무는 곳으로 향했다.

등질방은 상하이에 고급주택을 마련한 상태였다.

그가 머무는 근처로 갈수록 고급주택들이 눈에 많이 띄기 시작했다.

등질방의 주택은 고급주택단지가 모여 있는 곳에서도 가장 안쪽에 자리 잡고 있었다.

남유럽풍 스타일의 주택은 상당히 화려했고 수영장까지 갖추고 있었다.

상하이에서는 점차로 고급주택을 찾는 사람들이 늘고 있었다.

등질방은 입구에 나와 나를 반겨주었다.

"늦은 시간인데 와주셔서 감사합니다."

시간은 밤 9시를 넘어서고 있었다.

"아닙니다. 초대해 주신 것에 감사합니다."

"자, 안으로 들어가시지요."

"예."

그의 안내를 받아 안으로 들어갔다. 생각한 대로 안쪽에는 유럽에서 들여온 고급 가구들로 꾸며져 있었다.

그가 안내한 곳에는 처음 보는 인물이 자리하고 있었다.

"제가 이렇게 부른 것은 강 대표님께 소개해 줄 친구가 있어서입니다."

등질방의 말이 끝나자마자 안경을 쓴 사내가 내게 손을 내밀었다.

"장몐헝(江綿恒)입니다. 등질방에게 말씀 많이 들었습니다."

삼십 대 중후반으로 보이는 사내는 처음 보는 인물이었다.

"강태수입니다."

난 그가 내민 손을 잡았다. 마주 잡은 손에서 힘이 느껴졌다.

"장멘형은 당 총서기이자 국가중앙군사위원회 장쩌민(강택민) 주석의 아들입니다. 저하고는 2살 차이가 나지만 친구로 지내고 있습니다."

등질방의 말에 깜짝 놀라 그를 다시 보았다.

등질방보다 2살이 더 많은 장멘형은 미국 드렉셀대학교 출신으로 전기공학박사였다.

현재 그는 중국과학원 상하이금속제련연구소에서 일하고 있었다.

중국의 실권을 잡은 장쩌민은 미국에서 생활하던 그를 올해 중국으로 급하게 불러들였다.

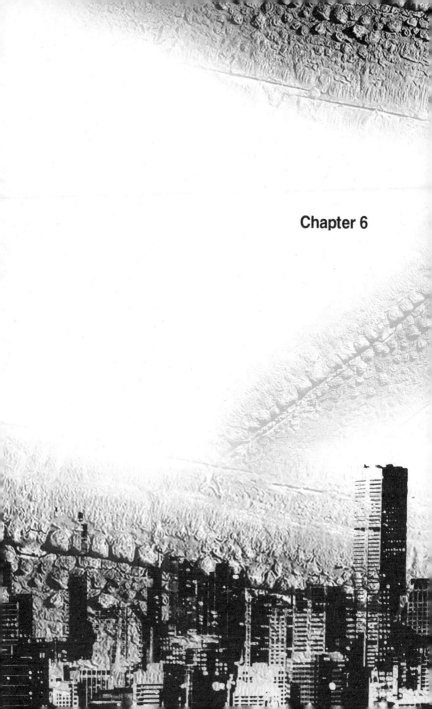

Chapter 6

　장쩌민은 1980년대 장몐헝을 미국으로 유학시켰다. 장몐헝은 현지에서 아이를 낳았고 그의 아들인 장즈청은 미국 영주권을 가지고 있다.

　장몐헝은 중국으로 돌아와 사업을 시작하기 위한 준비를 하고 있었다.

　아버지인 장쩌민 국가주석의 영향력이 커질수록 상대적으로 그의 영향력도 커졌다.

　"한국뿐만 아니라 러시아에서도 큰 사업을 하신다고 들었습니다."

장멘형은 나에 대해 무척이나 궁금해하는 것 같았다.

"예, 한국과 러시아에 사업체를 가지고 있습니다."

"이제 상하이에서도 사업을 펼치시고 계시니 정말 젊은 나이에 대단하십니다. 저는 일개 엔지니어에 불과한데 말입니다."

장멘형의 말처럼 상하이금속제련연구소에서 일반 엔지니어로 일하고 있었다. 하지만 그는 4년 만에 상하이금속제련연구소 소장으로 초고속 승진한다.

"하하! 이젠 자네도 곧 사업을 시작할 것 아닌가? 제가 장멘형을 소개한 것은 이 친구가 통신사업에 관심이 아주 많아서입니다."

장멘형은 미국에서 공부했고 전기공학 박사학위까지 받은 인물이었다.

중국이 앞으로 더욱 발전하기 위해서는 중국 전역에 통신과 물류유통망이 제대로 갖춰져야만 했다.

중국 정부는 이와 관련하여 두 분야에 과감한 투자를 진행하고 있었고, 상당한 자금이 들어가는 사업이 펼쳐지고 있었다.

장멘형도 이 사실을 잘 알고 있었고 전공과 연관된 통신 분야에 관심이 지대했다.

"그러시군요. 통신사업은 전망이 무척 밝은 분야입니다.

중국뿐만 아니라 한국에서도 통신분야에 많은 투자가 이루어지고 있습니다."

"저도 같은 생각을 하고 있습니다. 등질방이 아주 훌륭한 사업파트너를 만난 것 같습니다. 저에게도 강 대표님과 함께할 기회가 주어지면 좋겠습니다."

장몐헝은 내게 손을 내밀고 있었다. 그는 이제 막 떠오르는 태양과 같은 존재였다.

장몐헝까지 관시(關係)를 맺는다면 앞으로 적어도 15년 이상은 중국에서 아무 문제없이 사업을 벌일 수 있었다.

"저는 언제든지 가능합니다."

장몐헝은 내가 찾아가서 먼저 관계를 맺고 싶은 인물이었다.

"그렇게 말씀해 주시니 고맙습니다. 등질방이 많이 도와주고는 있지만 제가 중국에 들어온 지 얼마 되지 않아서 아직은 뭘 해야 할지 생각이 많습니다. 그래서 강 대표님에게 오늘 사업과 관련된 이야기를 듣고 싶습니다."

중국 권력자들의 자녀들은 모두 부모들의 후광을 업고서 많은 이권 사업을 벌이고 있었다.

등질방만 해도 부동산과 고급주택 건설로 상당한 돈을 벌어들이고 있었다.

"제가 알고 있는 것은 모두 말씀드리겠습니다."

"자, 우리 한잔씩 하면서 말을 나누시지요."

등질방이 고급 코냑을 따르며 말했다. 두 사람 다 미국에서 공부를 해서인지 중국술보다는 양주를 즐기는 것 같았다.

이런저런 이야기와 함께 술을 서너 잔 걸치자 적당한 취기가 올라왔다.

그래서인지 장몐형은 앞으로의 계획을 나에게 말해주었고, 상하이롄허투자공사에 대한 이야기를 꺼냈다.

"강 대표님의 말씀대로 통신분야로 나아가야 할 것 같습니다. 제가 미국에서 느꼈던 것은 벤처캐피털을 통한 투자가 활발하다는 것이었습니다. 그래서 저도 회사를 직접 설립하기보다는 벤처캐피털을 통한 투자 쪽으로 나아갈까 합니다."

벤처캐피털은 앞선 기술과 아이디어를 가지고 있으나 경영기반이 약하여 자금을 동원하기 어려운 벤처기업에 투자를 하는 기업이나 자본을 말한다.

미국의 실리콘밸리의 많은 벤처기업들이 벤처캐피털의 투자자금으로 지금의 기업으로 성장했다.

그 대표적인 기업들이 구글, 야후, 페이팔, 유튜브 등이다.

"그것도 좋은 방법입니다. 한데 아직 중국에서는 벤처기업들이 활발하게 움직이지 않고 있지 않습니까?"

벤처기업의 장래성과 수익성을 보면서 투자하는 벤처캐피털은 주식 취득의 형식으로 투자가 이루어지며 투자한 벤처기업이 주식을 상장할 경우에 큰 이익을 볼 수 있다.

하지만 벤처기업이 실패하면 투자금 회수가 어려워 위험성이 상당히 높은 투자이기도 했다.

더욱이 중국은 아직 주식시장도 그다지 활발하지 않았다. 주식을 거래하는 상하이 증권거래소가 1990년 12월 19일 설립되었고, 선전 증권거래소는 1991년 7월 5일에 문을 열었다.

"예, 그래서 저는 국영기업들의 인수 쪽으로 눈을 돌리고 있습니다. 중국에는 주먹구구식으로 운영되고 있는 기업들이 많아 본래 가진 가치보다 빛을 제대로 못 보는 회사들이 많습니다. 그리고 아직은 중국 기업들이 기술이 부족해서 새로운 사업을 시작하기에는 조금 위험성이 있습니다."

장멘형이라면 인수할 수 있었다. 그의 아버지의 힘이라고 해야겠지만.

중국의 국영기업들도 러시아와 마찬가지로 알짜배기 회사들이 많았지만, 외국인에게는 기회를 주지 않았다.

주식투자에 있어서도 내국인만 투자가 가능한 A주식과 외국인이 투자전용으로 운영하는 B주식으로 나누어져 있었다. 2002년 말부터가 되어서야 A주식도 외국인에게 개방되기 시작했다.

그리고 중국 정부는 자국 내 기업들의 기술 확보를 위해서 외국 기업의 항의에도 아랑곳하지 않고 한동안은 중국 기업들의 지적 재산권 침해 행위를 묵인했다.

이를 바탕으로 중국 기업들은 복제와 모방을 통해서 경쟁력을 확보할 수 있었다.

그 덕분에 중국에는 우리가 아는 거의 모든 상품의 복제품이 존재한다.

"생각하시고 계신 기업이 있으십니까?"

"예, 우선은 상하이렌허투자공사를 염두에 두고 있습니다."

실제로 장멘헝은 1994년에 기업 가치가 1억 위안(180억 원) 이상으로 평가됐던 상하이렌허투자공사을 수백만 위안이라는 헐값에 상하이 경제위원회로부터 사들였다. 더구나 그 헐값의 인수자금도 대출금이었다.

현재 상하이 시장인 황쥐(黃菊)가 장멘헝를 적극적으로 밀어주고 있었기 때문에 가능한 일이었다.

장쩌민이 1986년 상하이 시장으로 부임했을 때에 황쥐는 부시장으로 재직하면서 장쩌민에게 두터운 신임을 얻었다.

황쥐는 장멘헝의 아버지인 장쩌민 국가주석의 심복이며

우방궈, 쩡칭훙과 함께 상하이방을 대표하는 인물이다.

'후후! 역시 권력의 힘이 아니고서야……'

상하이런허투자공사는 상하이에 자리 잡고 있는 여러 회사에 투자를 진행하고 있었다.

상항이런허투자공사는 중국네트워크통신유한공사(網通), 봉황위성 TV, 상하이정보네트워크(上海信息網絡), 상하이유선네트워크(上海有線網絡) 등 10여 개의 기업에 차례로 투자하여 이동통신 분야에 큰 영향력을 갖게 된다.

또한 상하이 자동차그룹, 상하이 공항그룹에도 투자가 이루어졌고 대주주가 되었으며 두 회사에 장멘헝이 이사로 취임한다.

"인수자금은 어떻게 마련하실 예정이십니까?"

국영기업인 상항이런허투자공사는 알짜배기 회사였다.

장멘헝이 아니라면 인수한다는 말조차 꺼내기 힘든 회사이기도 했다.

그는 아버지의 후광과 심복들의 도움으로 상하이에서 가장 영향력 큰 인물로 성장해 갈 것이다.

"여기 있는 둥질방이 투자금을 내기로 했습니다. 그래도 아직은 부족한 면이 있어 자금을 좀 더 융통해야 합니다."

'분명 장멘헝이 어떻게든 자금을 마련해 인수할 것이다. 그렇다면……'

"그럼 제가 투자를 해도 되겠습니까?"

"하하! 강 대표님이 투자하신다면야 저는 대환영입니다."

장멘헝이 웃으면서 등질방을 바라보았다.

"강 대표님은 누구보다 믿을 수 있는 사업파트너야. 내가 알아본 바로는 웬만한 한국의 대기업보다도 큰 회사들을 거느리고 있으니까 말이야."

등질방은 내가 한국뿐만 아니라 러시아에서 벌이는 사업에 대해서도 알고 있었다.

더구나 그 규모가 상당하다는 것도 말이다.

난 등질방의 말을 듣고만 있었다. 지금 상황에서는 굳이 나서서 겸손한 말을 내뱉을 필요가 없었다.

오히려 큰 회사를 거느린다는 말이 장멘헝에게 신뢰를 줄 수 있었다.

"그럼 어느 정도 투자가 가능하십니까?"

장멘헝이 웃음기가 가시지 않은 얼굴로 내게 물었다. 그는 요즘 상항이런허투자공사의 인수자금을 마련하기 위해 활발히 움직이고 있었다.

"미화로 3백만 달러 정도는 지금 당장에라도 투자할 수 있습니다."

"하하하! 제가 생각한 것보다 통이 크십니다. 그 정도면 제가 필요로 하는 자금을 다 채울 수 있습니다."

장몐헝은 나의 말에 기분 좋게 웃었다. 등질방은 장몐헝에게 50만 달러를 투자했다.

"역시 강 대표님은 투자자로서의 안목도 뛰어나십니다. 이번 투자가 강 대표님에게도 많은 도움이 되실 것입니다. 자, 우리 건배하실까요?"

등질방은 잔을 높게 들면서 말했다. 그가 어떤 의미로 나에게 이 말을 하는지는 충분히 인지할 수 있었다.

나는 1시간 정도 더 머물다가 호텔로 돌아왔다.

그리고 난 장몐헝에게 영업허가가 나오지 않고 있는 소빈뱅크 상하이지점에 대한 일을 부탁했다.

*   *   *

아침 일찍 일어나 블루오션상하이의 공장을 방문해서 중국 현지 직원들과 일일이 악수를 하면서 인사를 나누었다.

블루오션상하이는 이번 달부터 새롭게 중국 전용으로 개발된 전화기 블루아이를 생산한다.

중국 공략을 위해서 기존에 개발된 레드아이보다도 제조단가를 40%나 줄인 제품이다.

시장에 나와 있는 제품들과 비교해도 충분한 경쟁력을

갖춘 제품이었다.

더구나 어제 장몐헝과의 만남에서 등질방은 노골적으로 블루오션상하이에서 생산되는 전화기를 상하이시 당국에 납품하고 싶다는 말을 전했다.

장몐헝은 그 자리에서 도움을 줄 수 있는 수단을 취하겠다고 말했다.

등질방과 장몐헝의 영향력이면 상하이는 물론 중국 정부와 지방 정부에도 안정적으로 블루아이를 공급할 수 있었다.

공장의 생산시설은 생각했던 대로 설치가 잘되어 있었다. 한국에 있는 생산시설과 비교해도 전혀 떨어지지 않았다. 다시 한 번 직원들을 격려하고는 박경수 과장이 말한 중국 직원을 회의실로 불렀다.

랴오위라는 이름의 직원은 26살로 고향이 상하이라고 말했다.

"실력이 다른 직원보다 뛰어나다고 들었습니다. 다른 회사에서 일한 적이 있습니까?"

"아닙니다, 이 회사가 처음입니다. 제가 좋아하는 일에는 쉽게 빠지는 편이라 회사 분들이 좋게 봐주셔서 그렇습니다."

랴오위의 말과 행동은 차분했다. 그런데 왠지 다른 직원들과 달리 배운 티가 났다.

"그래요. 우리 회사에 지원한 이유가 무엇 때문입니까?"

"외국 회사라 급여나 환경이 중국회사보다 좋을 것 같아서 지원했습니다."

"그럼 우리 회사에서 본인이 하고 싶은 일이 있습니까?"

"어려서부터 만들고 고치는 걸 좋아해서 지금의 일이 재미있습니다. 아직 특별히 뭘 하고 싶다는 생각은 없습니다."

"알겠습니다. 앞으로 우리 회사에서 열심히 일해주세요. 본인이 열심히 한 만큼의 보답은 꼭 있을 것입니다."

난 손을 내밀어 악수를 청하는 척하면서 테이블 위에 놓인 서류철을 일부러 건드렸다.

서류철 안에 있던 회로도와 중요 서류가 테이블 위로 흘러나왔다. 그러자 랴오위의 눈동자가 나를 향하지 않고 테이블에 놓인 서류로 향했다.

일반적인 중국 현지직원들은 서류나 회로도에는 전혀 관심이 없었다. 그리고 사장인 나를 무척 어려워했고 말도 제대로 하지 못했다.

하지만 랴오위는 전혀 그런 것과 상관없이 나를 여러 번 접했던 사람처럼 편하게 대했다.

'역시, 뭔가 있군?'

악수를 마치고 회의실 밖으로 나가는 내내 그의 눈은 테이블에서 떨어지지 않았다.

"저 친구에 대해서 좀 더 알아봐야겠습니다. 제가 상하이 시에 연락을 취해놓을 테니까 실제로 중학교밖에 나오지 않은 건지 알아보세요."

난 통역을 맡은 박용서에게 말했다. 회사에 제출한 서류에는 중학교밖에 졸업하지 못했다고 했다.

난 등질방의 통해서 상하이시의 행정관과 친분을 마련해 놓았다. 더구나 상하이시 전체를 담당하는 황쥐 시장까지 장멘헝을 통해 알게 될 것이다.

장멘헝은 투자계약이 이루어질 때 황쥐 시장을 소개해 주기로 했다.

그렇게 되면 상하이에서 사업하는 데 있어 더는 문제가 될 것이 없었다.

아직은 내가 염려했던 것과 달리 북한 신의주 특별행정 구에 대한 반응과 견제가 중국 측에서 나오지 않고 있었다.

상하이에서 사업이 본궤도에 오르기 전에 중국의 반발이 생긴다면 중국에서의 사업은 힘들어질 수 있었다.

신의주 특별행정구가 새롭게 태어나기 전까지 중국의 사업이 빨리 안정을 찾아야만 했다.

대산그룹의 부회장인 김덕현은 심기가 몹시 불편했다.

자신이 직계라인이고 할 수 있는 대산식품의 대표인 박종인과 상무이사가 비리 혐의로 자리에서 물러났기 때문이었다.

문제는 절묘하게도 이대수 회장의 아들인 이중호가 대산식품에서 일을 배우고 있는 시점에 맞물려서 일이 발생한 것이다.

"돈을 받은 게 얼마나 되는 거야?"

신경질적으로 김덕현 부회장은 자신의 비서에게 물었다.

"4억이 조금 넘는 것 같습니다."

"멍청한 놈! 그것조차 제대로 처리하지 못해서. 어떻게 이 회장의 귀에 들어간 거야?"

김덕현의 목소리가 커졌다.

"듣기로는 신선식품 사장이 직접 증거를 전했다고 합니다. 이번에 납품업체를 하나 더 두는 바람에 신선식품에서 공급받던 물량을 50% 정도 줄였는데, 그 때문에 불만을 품고 일을 저지른 것 같습니다."

"그러면 아예 납품이 중단될 텐데. 밥그릇이 끊기는 일을 제 발로 했다는 거야?"

"그게 좀 이상하긴 합니다. 아직 신선식품에서 납품을 계속하고 있었습니다."

"그걸 누가 허락한 거야?"

"정확한 것인지는 모르겠지만, 이중호가 이대수 회장에게 부탁했다는 말이 있습니다."

"이중호가?"

비서의 말에 김덕현의 미간이 찌푸려졌다.

대산식품은 김덕현이 비자금을 만드는데 요긴하게 쓰였던 회사였었다.

이중호는 자신이 강남에 자주 찾는 술집에서 대산식품에서 인연을 맺은 인물들과 술을 마셨다.

이번 대산식품 사장인 박종인 사장이 물러나는데 큰 공을 세운 노지훈을 비롯하여 부서장이었던 김철용 부장 그리고 신선식품의 상납 비리의 증거 자료를 가져온 박영훈 이사가 자리를 함께했다.

박영훈 이사는 공석이 된 대산식품 대표자리에 가장 유력한 인물로 떠오른 상태였다.

"자, 건배 한 번 하시죠?"

여유로운 자세로 중앙자리에 앉은 이중호의 말에 세 사람은 잔을 높이 들었다.

이중호와의 첫 만남부터 불편한 관계를 맺었던 노지훈은 지금 자신이 이 자리에 앉아 있는 것이 꿈만 같았다.

이중호고 대산그룹의 후계자라는 사실을 알게 되었을 때는 회사를 당장 그만두어야 할 걱정뿐이었다.

그러나 이중호는 다시 기회를 주었고, 물불을 가리지 않고 대산식품의 납품 관련 상황들을 조사했다.

야근을 핑계로 회사에 남았을 때 몰래 상무실까지 문을 따고 들어가 서류를 훔쳐보기까지 했다.

그리고 결국 신선식품과 관련된 납품이 이상하다는 것을 알게 되었고 곧바로 이중호에게 보고했다.

이중호는 자신의 부서장인 김철용 부장을 끌어들이고 확실한 윤곽을 잡을 수 있었다.

최종적인 자료를 입수하기 위해서 박영훈 이사가 신선식품의 대표를 만나 담판을 지었다.

"힘든 일 하시느라 정말 수고가 많으셨습니다."

박영훈 이사 이중호에게 고개를 숙이며 말했다. 이중호가 대산식품에서 업무를 시작한 것은 박영훈 이사에게 큰 행운이었다.

눈엣가시처럼 여겼던 전상진 상무를 끌어내린 것뿐만 아니라 잘하면 대표이사 자리까지 넘볼 수 있는 상황이 된 것이다.

물론 이런 자리에 어울리지도 않는 대리급도 안 되는 노지훈이 함께한 것은 불편했지만 말이다.

"앞으로 회사를 잘 부탁하겠습니다. 대산식품은 이제부터라도 그룹에 이익이 되는 존재가 되어야 합니다. 회장님도 이번 일을 계기로 대산식품이 환골탈태하길 바라고 계십니다."

"당연히 그래야 합니다. 그동안은 올바르게 운영을 하지 못했습니다."

이중호의 말에 대답을 하는 인물은 박영훈뿐이었다. 술을 마시고 있는 두 사람은 자신들이 나설 상황이 아니라는 것을 잘 알고 있었다.

"박 이사님의 말이 맞습니다. 회사를 좀 먹는 기회주의자들 때문에 성장할 수 있는 회사가 제자리에 머물게 되는 것입니다. 회사는 재미나 즐거움을 위해서 다니는 곳이 아니라 살아남기 위한 치열한 전쟁터라는 것을 명심해야 합니다."

이중호는 세 사람을 가르치듯이 말했다. 그의 말에 누구도 일언반구(一言半句)없이 듣기만 했다.

"자! 이쯤 해두고. 오늘은 실컷 마시고 즐겁게 놀아야 합니다."

"알겠습니다."

이중호의 말에 세 사람은 잔을 모두 비웠다. 그리고 이중호가 테이블에 있는 전화기를 들자 홀의 문이 열리면서 여자들이 들어왔다.

들어온 여자들 모두가 흔히 볼 수 없는 미인들이었다.

세 남자는 곧바로 여자들에게 눈길을 빼앗길 수밖에 없었다. 그러한 모습을 바라보는 이중호의 입가에는 묘한 웃음이 얹어져 있었다.

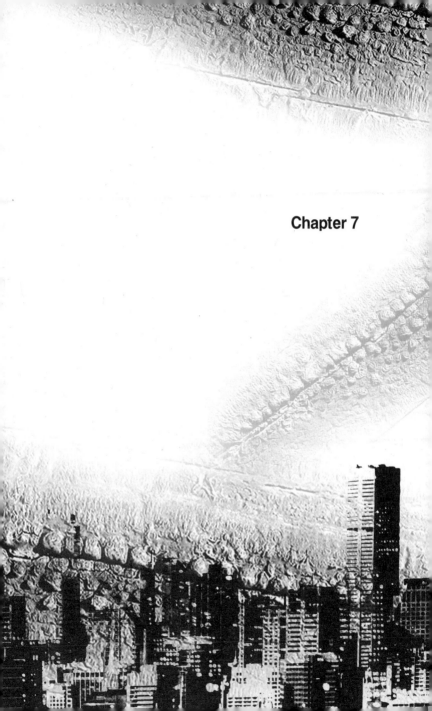

Chapter 7

블루오션상하이 본 공장의 공사가 진행되고 있는 공장 터를 둘러보았다.

굴착기들이 열심히 땅을 파고 있었다.

등질방의 도움으로 공장과 관련된 행정적인 문제들은 일 사천리로 처리된 상태였다.

이미 만들어진 공장에서 생산된 전화기들이 팔려 나가는 동안 이곳에도 새롭게 생산 공장과 기숙사가 지어질 것이 다.

블루오션상하이의·공장 터 주변으로도 공사가 한창 진행

중이었는데, 국내의 중견업체와 굴지의 기업들도 이곳에 생산 공장을 설립 중이었다.

"내년에는 이곳의 모습이 또 달라지겠습니다."

"예, 저도 여기에 와서 느끼는 것이지만 상하이는 하루가 다르게 달라지고 있는 것 같습니다. 이러다가 어느 순간에는 한국을 추월할 수 있겠구나, 하는 생각마저 들 정도니까요."

공사장에 동행한 박경수 과장의 말이었다.

한국에 한참 뒤떨어진다고 알려진 중국의 변화는 놀라울 정도로 하루하루가 달라지고 있었다.

"아직은 핵심 기술을 중국에 넘겨주면 안 됩니다. 상하이 블루오션에서는 철저하게 중국 현지에 맞춘 제품을 생산해야 합니다. 기술력을 갖춘 고가의 제품들은 되도록 한국이나 신의주에서 생산해야 하고요."

난 중국의 무서움을 잘 알고 있었다.

개혁개방 후 20년 동안 서양 사업가들에 의해 5,000억 달러에 달하는 대중국 투자가 이루어졌고, 부지런한 중국 국민의 저렴한 노동력으로 경제발전을 가져왔다.

거액의 자금과 저렴한 노동력 그리고 능력 있는 인재. 이 세 가지 요소로 인해 중국은 풍부한 상품들을 만들어 낼 수 있었고, 세계의 공장이란 소릴 들을 수 있었다.

"예, 말씀하신 대로 우리가 앞선 기술을 쥐고 있어야지요."

"블루오션의 중국 진출은 필연적이었지만 이로 인해 얻을 수 있는 단기적인 이익보다는 장기적인 안목으로 접근해야 합니다. 언젠가는 세계시장을 놓고 우리와 경쟁하는 회사가 중국에서 나올 수도 있으니까요."

아직은 중국을 한국과 일본의 하청공장쯤으로 여기고 있었다. 하지만 난 중국이 얼마나 빠르게 부를 축적해 나가는지, 그리고 그 부를 이용해서 얼마나 많은 세계적인 기업들을 자신들의 것으로 만드는지를 똑똑히 보았다.

"정말 그럴까요?"

박경수 과장이 궁금한 듯 물었다. 지금까지 내가 한 말은 틀린 적이 없었기 때문이다.

"예, 지금 당장은 아니지만요. 그래서 우리의 먹거리를 지킬 수 있도록 철저히 대비해야 합니다. 수십 년이 지나도 걱정 없이 성장할 수 있게끔 말입니다. 그 일의 시발점은 신의주가 될 것입니다."

"저희는 대표님만 믿고 따라가겠습니다. 대표님과 같이 미래를 정확히 내다보는 안목을 가지신 분이 우리 대표님이라는 것이 정말 자랑스럽습니다."

박경수 과장은 한국에 있을 때와 달리 나와 대화를 나눌 기회가 많았다.

나와의 대화 속에서 내가 어떠한 생각을 가지고서 회사를 운영하고 있는지를 살짝 엿볼 수 있었다.

당장 눈에 보이는 이익이 아닌 10년 이상을 내다보고 있는 내 모습에 그는 놀라움을 감추지 못했고, 그러한 일들을 차근차근 준비하고 있다는 말에 존경심을 드러내었다.

"예, 믿고 따라와 주십시오. 절대 실망하게 하는 일은 하지 않을 것입니다."

나에게 다짐하듯이 말을 한 나는 공사현장을 뒤로하고서 난 미쓰코시 상하이백화점으로 향했다.

미쓰코시 상하이백화점은 한국에 있는 지점보다도 2배 이상으로 컸다.

입구부터 화려한 장식들과 큰 매장들로 꾸며져 있었다. 매장들이 국내보다 커서인지 사람들이 한산해 보일 정도였다.

나는 곧장 닉스가 자리 잡고 있는 5층으로 향했다.

국내외로 알려진 패션브랜드들이 이곳에 자리를 잡고 있었다.

대다수가 일본과 미국 그리고 유럽에서 유행을 선도하는 패션브랜드였고 한국 제품은 닉스가 유일했다.

매장은 한국과 일본매장처럼 꾸며져 있었지만 뭔가 좀 어설픈 느낌이었다.

내가 매장에 들어섰는데도 현지직원들은 특별히 신경을 쓰는 모습이 아니었다.

매장 안에도 내가 생각했던 것만큼 손님들이 없었다.

상하이지점은 닉스에서 직접 판매직원을 뽑아서 운영하는 것이 아니었다.

전적으로 모든 걸 미쓰코시백화점에서 맡아서 운영하고 있었다.

아직은 닉스의 중국 진출이 이른 감이 있다고 생각했지만 미쓰코시백화점에서 강력하게 요구했기에 진출한 것인데, 역시나 반응은 신통치 않았다.

미국에서 닉스의 인기가 일어나고 있었지만, 중국에서의 닉스는 낯선 브랜드였다.

거기에 잘 알려지지 않은 브랜드가 아무런 광고나 홍보 없이 제품을 판매한다는 것이 무척이나 어려운 일이었다.

게다가 현지 판매직원들도 판매에 대한 열의가 없어 보였다.

"이 신발이 어떤 면이 좋습니까?"

난 판매직원에게 다가가 신발에 대한 질문을 던졌다. 시간이 날 때마다 중국어를 집중적으로 익힌 덕분에 일상적인 대화는 웬만큼 가능했다.

"편해요."

"단지 편한 것뿐입니까?"

"색상이 예쁘잖아요. 그게 제일 잘나가는 제품이에요."

내 질문에 직원은 신발에 대한 장점이 아닌 통상적인 말로 답했다.

닉스 신발에 대한 장단점을 전혀 모르고 있었다. 손님이 알아서 마음에 드는 거로 사 가라는 말투였다.

단지 매장 분위기에 맞게끔 예쁘장한 얼굴을 한 직원으로만 뽑아놓은 느낌이었다.

"그럼 이 신발이 하루에 몇 켤레나 팔려 나갑니까?"

내 질문에 뭐 이런 걸 물어보나 하는 표정이었다.

"사지 않으실 거죠?"

판매직원은 그 말을 하고는 자신의 자리로 돌아가 버렸다. 질문한 내가 뻘쭘할 뿐이었다.

날 경쟁사 직원으로 본 것인지 아니면 정말 대답하기 싫어서인지는 모르겠지만 말이다.

한국이나 일본에서 손님에게 이런 식으로 대응했다가는 바로 경위서나 사표를 써야만 했다.

아직 서비스에 대한 개념이 부족한 중국이라 한다 해도 이건 아니라는 생각이 들었다.

닉스 신발에 대한 판매가 이루어지지 않아도 손님들이 이런 대우를 받는다면 다시는 오고 싶지 않을 것이다.

그것은 닉스 브랜드 이미지를 깎아 먹는 일이었다.

난 곧바로 5층 패션몰을 담당하는 매니저를 찾았다. 매니저는 다행히 일본인이었다.

내가 겪은 이야기를 꺼내자 매니저는 죄송하다는 말을 연신 뱉었다.

"서비스 교육을 통해서 많이 좋아지긴 했지만, 아직 부족한 면이 많습니다. 제가 따로 말을 하겠습니다."

"말로 해서는 안 될 것 같습니다. 제가 볼 때는 한두 번 이런 일이 있을 것 같지 않습니다."

"문제점을 하나둘 고쳐 나가는 중입니다. 다시 한 번 정말 죄송합니다."

매니저는 고개를 계속 숙이면서 연신 죄송하다는 말을 뱉었다.

"알겠습니다. 다음에는 이런 일이 없도록 해주십시오."

나는 매니저와의 말을 끝내고는 다시금 미쓰코시 상하이 백화점의 책임자를 만나기 위해 맨 위층으로 향했다.

스카이라운지와 식당이 있는 위층에는 대표실도 함께 마련되어 있었다.

대표자를 만나 닉스 매장의 운영에 대한 상황을 바꿔야

만 했다. 이대로라면 닉스는 얼마 안 있어 철수할 수밖에 없는 브랜드가 될 것이다.

*　　　*　　　*

미쓰코시 상하이백화점의 총괄은 카즈키 마모루였지만 그는 상하이는 물론 한국과 일본을 오가면서 일을 보고 있었기 때문에 상하이점은 다른 인물이 책임자로 있었다.

책임자의 이름은 마스이 하루크였다.

하루크는 약속에 없었던 나의 면담 요청을 거절하지 않았다.

40대 중반의 하루크는 이른 나이에 앞머리가 훤하게 벗어져 있어 나이가 더 들어 보였다.

"안녕하십니까? 마스이 하루크입니다."

"닉스의 강태수라고 합니다."

"마모루 대표님께 말씀 많이 들었습니다. 닉스는 이제 한국뿐만 아니라 일본에서도 인기가 좋습니다."

하루크의 말은 인사치레가 아니었다. 닉스의 인기가 확실히 조성되는 분위기였다.

도쿄에 이어서 오사카에 진출하자 닉스의 매출도 가파르게 오르고 있었다.

이러한 점을 미쓰코시백화점은 고무적으로 받아들였고 상하이점에 닉스를 넣기 원했던 이유가 되었다.

"저희 제품을 알아봐 준다는 것은 언제나 기쁜 일이지요. 한데 상하이는 좀 다른 면이 있어서 걱정입니다."

"어떤 문제라도 있으십니까?"

하루크는 궁금한 듯 물었다.

"판매원들의 서비스 의식이 너무 형편없어서 닉스 브랜드의 이미지를 크게 손상하고 있는 걸 목격했습니다."

내 말에 하루크의 미간이 살짝 구겨졌다.

"현지 직원들의 대응이 아직은 많이 미흡하다는 걸 저도 인정합니다. 그래도 시간이 좀 지나면 나아질 것입니다."

하루크는 문제를 그다지 심각하게 받아들이지 않았다. 그도 그럴 것이 백화점 내에서 판매되는 브랜드는 수백 종류였고 제품의 가짓수로는 수천 종류가 넘었다.

닉스는 그중 하나일 뿐이었다. 더구나 아직은 닉스가 상하이 시민들에게 크게 매력적으로 보이는 브랜드도 아니었다.

다른 지역보다도 구매력이 높은 상하이는 닉스보다 더 유명한 제품을 찾거나 저렴한 제품을 원했다.

"제가 볼 때는 시간이 지난다고 해도 별로 달라질 것 같지 않습니다. 차라리 저희가 직접 직원들을 채용해서 관리하는 것이 더 나을 것 같다는 생각이 들었습니다."

"글쎄요. 상하이는 한국이나 일본과는 좀 다른 면이 있습니다. 저희는 충분한 시장 조사와 함께 수준 높은 직원들을 채용해서 각 브랜드에 맞게끔 최상의 배치를 했습니다. 거기에 그치지 않고 충분한 교육을 통해서 서비스 정신을 고양하고 있습니다."

하루크는 내 이야기에 그다지 귀를 기울이는 것 같지 않았다.

"진정한 서비스는 자신이 판매하는 제품에 대해 깊은 이해와 애정이 있을 때 나올 수 있습니다. 판매제품에 대해서도 제대로 된 설명을 못 하는데 무슨 서비스가 나오겠습니까?"

"음, 틀린 말씀은 아닙니다만 한국과 일본처럼 모든 걸 만족시킬 수 있는 직원을 찾기가 어렵습니다. 지속해서 매니저들이 직원들의 서비스 상태를 모니터링하고 있지만 쉽게 고쳐지지 않는 부분이 있긴 합니다."

하루크는 나의 말에 마지못해 인정하는 말투였다.

"직원을 저희가 직접 선발하고 교육하겠습니다. 당장의 판매가 중요한 게 아니라 닉스가 어떤 브랜드라는 것을 상하이 시민들에게 알릴 것이 더 중요한 것 같습니다. 그게 오히려 향후 판매에서도 좋은 성과를 낼 수 있을 것입니다."

"그렇게 되면 다른 입점 브랜드와 형평성이 문제가 되지 않을까 염려스럽습니다."

하루크는 생각 외로 융통성이 없고 고지식한 면이 있었다.

"저희가 뽑은 직원들은 닉스에서 직접 월급을 지급하겠습니다. 현재 닉스 매장의 직원들은 다른 곳에서 일을 하면 될 것입니다. 그게 미쓰코시에도 이익이 될 수 있지 않을까요?"

현재는 미쓰코시에서 모든 것을 담당했기 때문에 직원 월급도 미쓰코시백화점에서 지급했다.

닉스 매장에는 3명의 직원이 근무했다.

"음, 꼭 그렇게까지 하시겠다면 말리지 않겠습니다. 대신 지금보다 매출이 떨어지거나 증대되는 것이 보이질 않을 때는 저희 방침대로 하겠습니다."

하루크는 마지못해 허락했다.

사실 무리한 부탁도 아니 없고 미쓰코시백화점이 손해나는 일도 아니었다.

닉스는 미쓰코시백화점에 신발을 수출했고 미쓰코시는 사들인 신발에 이익을 붙여서 백화점을 찾는 고객에게 재판매하고 있었다.

"물론입니다. 오늘 시간을 내주셔서 감사합니다."

"하하! 아닙니다. 닉스가 이번 일로 좋은 성과가 나시길 바랍니다."

하루크는 웃으면서 말하고 있었지만, 그의 눈은 썩 유쾌한 빛이 아니었다.

자신의 상관인 카즈키 마모루 대표와 내가 유대관계가 없었다면 허락하지 않았을 것 같다는 느낌이 들었다.

호텔로 돌아오면서 박용서에게 미쓰코시백화점에서 일할 수 있는 조선족 여성들을 알아보라고 지시했다.

난 채용된 직원을 한국으로 보내어 보름 동안 국내매장을 돌면서 일을 배우게 할 생각이다.

중국 여성을 뽑으면 한국 직원들과의 의사소통 문제가 발생할 수 있으므로 조선족 여직원을 선택했다.

향후 닉스가 중국 전역에 뿌리내릴 때를 대비해 확실한 직원들을 뽑아서 교육해 둘 필요가 있었다.

기다리던 소빈뱅크 상하이지점의 영업 허가가 떨어졌다. 모든 조건을 갖춘 채 한 달 반을 끌던 영업 허가가 장멘형에게 부탁한 지 단 이틀 만에 처리된 것이다.

장멘형이 상하이에서 가지고 있는 위상이 어느 정도인지 알 수 있게 해준 일이었다.

한편 블루오션상하이에 입사했던 랴오위는 상하이지아통대학(上海交通大學)에서 기계공학을 전공한 친구였다.

그는 이미 블루오션상하이에서 입사하기 전에 대만의 통신회사인 시먼즈와 중국회사가 합작한 상하이시먼즈 단말기통신(上海西子端通信)에 입사를 했던 경력이 있었다.

사항이시먼즈는 가정용 전화기를 생산해 대만과 중국에 공급하고 있었다.

"우리 회사에 위장 취업을 한 것이네요?"

난 박용서의 보고를 받으며 물었다.

"예, 알아보니까 상하이시먼즈에서도 개발팀에 속한 친구라고 합니다."

"조심하지 않았다면 블루아이가 시장에 나오기도 전에 그대로 외부에 유출될 뻔했네요. 앞으로도 직원들을 뽑을 때 더 철저하게 대처해야 합니다."

어느 정도 시간이 지나면 블루아이를 모방한 제품이 중국시장에서 나올 것이다.

하지만 랴오위가 계속 회사에 근무했다면 블루아이와 똑같은 제품이 동시에 등장할 수 있었다.

"정말이지 저도 이렇게까지 노골적으로 나올 줄 몰랐습니다."

함께 이야기를 듣던 박경수 과장이 어이없다는 표정으로

말했다.

"중국 사람들은 이제 돈이 되는 일이라면 물불을 가리지
않고 있습니다. 앞으로 이 정도는 애들 장난으로 봐야 할
것입니다. 그래도 랴오위의 못된 행동에 대한 벌을 주어야
겠지요."

"랴오위를 불러올까요?"

박경수 과장이 물었다.

"예, 그렇게 하십시오."

내 말에 박경수 과장은 회의실에서 나갔다.

"상하이시먼즈가 너무 노골적으로 나온 것 아닙니까? 그
회사도 경고해야 할 것 같습니다."

박용서는 화가 났는지 분한 표정으로 말했다.

"아마도 그쪽 회사에서 랴오위는 퇴사한 거로 처리되어
있을 것입니다. 우리가 이의를 제기하면 회사에서 퇴사한
사람이니까 자신들과 아무런 상관이 없다고 나오겠지요."

경쟁회사의 정보를 빼내기 위해서 쓰는 보편적인 수법
중의 하나였다. 나중에는 중국회사들이 어느 정도 돈을 벌
자 아예 상대편 회사를 인수하거나 중요 인물들을 스카우
트해서 핵심자료를 빼내 갔다.

"이야! 정말 저도 중국에서 살지만 이건 아니라고 봅니다."

그때 랴오위가 회의실로 들어왔다.

랴오위는 뭔가 분위기가 이상하다는 것을 느꼈는지 눈동자가 흔들렸다.

"랴오위 씨에게 물어볼 말이 있어서 불렀습니다."

"아, 예."

"랴오위 씨가 우리 회사에 제출한 이력서에 적힌 경력이 실제와 다르더군요."

"그, 그게 무슨 말이신지요?"

랴오위는 당황한 모습이 역력했다.

"중학교밖에 나오지 않았다고 했는데, 저희가 알아본 바로는 상하이지아통대학를 나오셨더군요. 더구나 블루오션상하이에 입사하기 전에도 회사 경력이 있으시고요. 무엇 때문에 경력을 숨기시고 우리 회사에 입사했는지가 몹시 궁금해지는데, 이유를 말해주시겠습니까?"

난 랴오위를 다그치지 않고 차분하게 질문을 던졌다. 눈동자가 심하게 흔들리는 랴오위는 쉽게 입을 열지 못했다.

마치 어떤 이야기를 꺼내야 지금의 위기를 벗어날 수 있을지 고민하는 것 같았다.

"그건… 대학을 나온 것을 숨긴 거는 죄송합니다. 제가 무슨 목적을 위해서 그랬던 것은 아닙니다. 경력을 말하지 않았던 것도 이전에 다니던 회사가 통신회사라 혹시 오해를 받을 수 있기 때문이었습니다. 그리고 블루오션상하이에서 기술직을 뽑지 않아서 생산직에 지원한 것입니다."

누가 보더라도 납득할 수 없는 변명이었다.

"그걸 지금 절 보고 믿으라는 말입니까? 이곳이 아니더라도 어디든 들어갈 수 있는 실력과 학력을 갖춘 사람이 굳이 적은 월급을 받는 생산직을 지원했다는 것을 말입니다."

상하이지아통대학은 중국에서도 명문대로 손꼽히는 대학이었다.

중국에서 기술직과 생산직의 급여 차이는 작지 않았다. 더구나 대학을 나온 전문기술자는 더욱 우대를 받았다.

"돈을 떠나 좋은 직장에 들어가고 싶었을 뿐입니다."

랴오위는 나름대로 침착한 모습을 보였다.

"그럼 상하이시먼즈 단말기통신은 왜 그만두었습니까? 블루오션상하이에 들어오기 위해서였습니까?"

"그게… 그건……."

다음 질문에는 당황한 듯 쉽게 말을 잇지 못했다.

"지금이라도 정직하게 이야기를 하면 일을 키우지 않겠습니다. 하지만 계속해서 말도 안 되는 변명을 일삼는다면 랴오위 씨는 상하이에서 절대로 본인이 원하는 직장을 얻을 수 없을 것입니다. 상하이시먼즈 단말기통신을 포함해서 말입니다. 전 그럴 만한 힘을 가지고 있습니다."

내 말에 잠시 날 쳐다보던 랴오위는 갈등하는 듯한 모습이었다.

하지만 끝내 그는 내가 원하는 말을 하지 않았고, 내 경고를 믿지 않는 눈치였다.

"상하이시먼즈는 마음에 들지 않아서 그만두었을 뿐입니다. 여기도 이젠 마음에 들지 않네요. 오늘까지만 블루오션 상하이를 다녀야겠습니다."

"오늘 일을 분명 후회할 날이 올 것입니다. 자, 본인 입으로 그만둔다고 했으니까. 지금 당장 회사를 떠나세요."

내 말에 랴오위는 군말 없이 일어나 회의실을 나갔다.

"저런 놈을 그냥 내버려 두면 안 됩니다."

화가 단단히 박용서가 랴오위의 뒷모습을 보며 말했다.

"그냥 두지 않을 것입니다."

랴오위뿐만 아니라 이런 일을 뒤에서 조장한 상하이시먼즈 단말기통신도 말이다.

이번 일을 통해서 중국 공장은 최첨단 제품의 생산기지로서는 적합하지 않다는 생각을 더 갖게 하였다.

난 이 사실을 동업자인 등질방에게 알렸다. 그리고 이야기의 끝에 위장 취업했던 랴오위가 블루오션의 동업자가 등질방이라는 것을 알고 있으면서도 일을 저지른 것 같다는 말을 덧붙였다.

등질방은 블루오션상하이의 성장과 이익에 반하는 일을

참지 못했다.

그는 블루오션상하이를 성장시키기 위해서 장몐형까지 나에게 소개할 만큼 적극적으로 움직였다.

덩즐방은 조처를 하겠다는 말을 내게 전했고, 그의 목소리는 상당히 격앙되어 있었다.

랴오위와 상하이시먼즈 단말기통신은 블루오션상하이를 긴드린 게 아니라 덩즐방의 권위에 도전한 것이었다.

다음 날 나는 장몐형과 상하이롄허투자공사을 인수하기 위한 투자계약을 체결했다.

난 2백만 달러를 투자했고 장몐형이 그동안 투자받은 1백5십만 달러를 합해서 곧바로 상하이 경제위원회로부터 상하이롄허투자공사을 인수했다.

나는 상하이롄허투자공사의 지분 25%를 소유하게 되었다.

2천만 달러 이상의 값어치가 있는 상하이롄허투자공사의 인수는 권력이 동반되지 않으면 될 수 없는 일이었다.

이 일에는 상하이 시장인 황쥐가 적극적으로 개입했다.

장몐형은 상하이의 모든 행정적인 권한을 쥐고 있는 황쥐를 상하이의 날 기념식장에서 나에게 소개해 주었다.

"이분이 상하이블루오션의 강태수 대표님이십니다."

"말씀 많이 들었습니다. 상하이에 투자를 해주셔서 고맙습니다."

"제 눈에는 상하이밖에 들어오지 않았습니다. 다른 곳을 가보아도 상하이만큼 최적의 투자지가 없었습니다."

"하하하! 말씀을 참 잘하십니다. 말씀대로 상하이는 중국의 중심이 될 것입니다."

내 말에 황쥐는 크게 웃음을 토해내며 기뻐했다.

그때였다.

우리 쪽으로 다가오는 몇몇 인물이 있었다.

"안녕하셨습니까?"

"어서 오십시오. 이렇게 참석해 주셔서 고맙습니다."

황쥐가 반갑게 맞이하는 인물은 뜻밖에도 대산그룹의 이대수 회장과 그의 아들 이중호였다.

Chapter 8

상하이의 날을 맞이하여 상하이시는 대대적으로 상하이
에 투자한 기업들을 초청했다.

대산그룹은 상하이에 전략적으로 10억 달러를 투자한다
고 발표했었다.

이는 국내에 있는 어떤 그룹과 기업보다도 대규모의 투
자였다.

이러한 대산그룹의 투자는 미국과 일본의 기업들의 대중
국 투자에 전혀 뒤지지 않았다.

상하이시의 황쥐는 대산그룹의 이대수 회장을 반갑게 맞

이할 수밖에 없었다.

"하하하! 여기서 또 뵙습니다. 동해 번쩍 서해 번쩍하십니다."

나를 본 이대수 회장은 환한 웃음을 보이며 반갑게 인사를 건네 왔다.

"예, 다시 뵙게 되어 반갑습니다."

"서로들 잘 아시나 봅니다?"

황쥐 시장은 나와 이대수 회장을 번갈아 쳐다보며 물었다.

"하하! 한국에서 강태수 대표님을 모르면 간첩입니다. 한국에서 기업체를 운영하는 사람들 모두가 강 대표님의 경영 능력을 부러워하고 있지요."

이대수는 중국어에 상당히 능통했다.

"강태수 대표님이 그 정도로 유명한 분이신지 몰랐습니다."

황귀는 이대수의 말을 듣고는 놀라는 표정을 지었다. 난 중국에서는 될 수 있으면 본모습을 드러내지 않으려고 노력했다. 그 때문에 인맥을 잘 탄 운 좋은 사업가로 생각했을 것이다.

"더구나 강태수 대표님은 러시아에도 큰 기업체들을 운영하고 계십니다. 머지않아서 세계적인 기업가로 명성을 날리실 것입니다."

이대수 회장의 칭찬은 그치지 않았다.

나를 진심으로 칭찬하는 것인지 아니면 뒤편에 서 있는 이중호에게 자극을 주기 위해서인지 알 수 없었다.

이런 이야기를 뒤에서 듣고 있는 이중호의 표정은 그다지 밝지 않았다.

이대수가 이렇게까지 칭찬을 하는 인물을 이충호는 본 적이 없었다. 자신도 아버지에게 잘했다는 칭찬을 받아 본 적은 지금껏 손에 꼽았다.

'재수 없는 새끼. 도대체 어떻게 하길래 몇 년 만에 이렇게 큰 기업들을 만들어낼 수 있었을까?'

강태수는 아무리 생각해 봐도 이해할 수 없을 정도로 말도 안 되는 성장을 이루어내고 있었다.

"과하신 칭찬에 듣고 있는 제가 다 부끄럽습니다. 이제 그만하시지 않으면 이 자리를 떠날 수밖에 없습니다."

"하하하! 저는 있는 그대로를 말한 것입니다. 아, 그리고 우리 중호와 아는 사이시지요?"

이대수는 나에 대해 많은 것을 알고 있었다.

"예, 학교 선배님입니다."

뒤에 있던 이중호가 나에게 인사를 건넸다.

"오랜만이다."

이대수 회장은 나에게 존댓말을 했지만, 이중호는 아니었다. 그는 날 학교 후배로 대했다.

"안녕하셨습니까?"

"시간 되면 잠깐 이야기 좀 나눌 수 있을까?"

"예, 그러시죠. 잠시 자리를 옮기겠습니다."

"그러십시오."

"제 아들에게 좋은 이야기를 좀 해주십시오."

난 황쥐 시장과 이대수 회장에게 양해를 구하고 이중호와 함께 자리를 옮겼다.

뒤에서 들린 이대수 회장의 말에 이중호의 인상이 구겨지는 것을 아무도 몰랐다.

"휴학계를 냈던데?"

"예, 군대 문제 때문에요."

"그렇군. 정말이지 그 강태수란 이름이 대산그룹 회장님의 입에 연일 오르내리고 있는 강태수일 줄은 전혀 몰랐다. 일부러 숨긴 거냐?"

이중호는 자신의 아버지를 회장으로 불렀다.

"일부러는 아니었습니다. 굳이 드러낼 필요성이 없었던 거지요."

"그래, 하여간 대단하다. 학교에서는 아직 너인지 알지 못하고 있던데 말이야. 신문에도 흔한 사진 한 장 나오지 않은 걸 보면 언론사를 다루는 솜씨도 보통이 아닌 것 같아."

이중호가 말하는 것처럼 학교에서는 내가 신문에 오르내린 룩오일과 신의주 특별행정구를 이끄는 강태수라고 생각하지 못했다.

상식적으로도 21살인 내가 그런 일을 한다는 자체가 있을 수 없는 일이었다.

하지만 언론사에 내 사진이 올라오지 않고 내 신상에 대한 자세한 이야기를 다루지 않고 있는 이유는 나도 잘 모르는 일이었다.

"유명세를 싫어해서요. 하지만 제가 일부러 언론사에 부탁한 일은 없습니다. 이제 선배님도 본격적으로 경영 일선에 나서는 것입니까?"

이대수 회장은 지금까지 이중호를 공식적인 자리에는 동행하지 않았다.

대산그룹의 연말모임도 이중호가 혼자서 별도로 참석한 거였다.

"이게 다 잘난 네 덕분이지. 원래는 졸업 후에 유학을 가기로 되어 있었거든."

이중호는 뭔가 나에게 불만을 가진 말투였다.

"그게 무슨 말입니까?"

"아니지, 오히려 고맙다고 해야겠지. 따분한 공부보다는 현장에서 배우는 것이 훨씬 몸에 맞는 것 같으니까 말이야. 앞으로 너와 좋은 승부를 벌일 수도 있고."

이중호는 내가 이해할 수 없는 말을 했다.

"제가 뭘 어떻게 했는지는 모르겠지만, 선배님은 잘해내실 것입니다."

"그래야지. 그래야 우리 회장님에게서 너처럼 칭찬을 들을 수 있으니까. 하여간 반가웠다, 한국에 들어오면 술이나 한잔하자."

이중호는 내 어깨를 두드리며 말했다. 마치 자신이 나보다 위에 있는 인물인 양.

"예, 그러지요."

난 그가 뭘 바라는지 어렴풋이 알 것 같았다.

상하이의 날의 주인공은 상하이에 10억 달러를 투자한 대산그룹이었다.

상하이의 주요 인사들과 기업인들도 대산그룹의 이대수 회장과 이야기를 나누기 위해서 애쓰는 모습이 보였다.

대산그룹은 중국투자를 통해서 공격적인 경영을 나서려는 움직임을 보였다.

중국에서의 일을 마무리한 상황에서 난 북경에서 북한 고려항공의 일류신 IL—62기를 타고 평양으로 향했다.

북한의 고려항공을 이용한 것은 처음이었다. 조금은 촌스럽고 어색한 복장을 한 여승무원이었지만 미모는 상당히 뛰어났다.

북한에서도 외국에 다닐 수 있는 여객기 승무원은 선망의 대상이었다.

북한 주민들의 국내여행은 이전보다 조금은 유통성이 생겼지만, 외국으로 나갈 수 있는 사람은 무척이나 제한적이었다.

고려항공 여승무원들은 북한 당국에서 지시를 받았는지 나에게 최대한의 서비스를 제공하려 했고, 날 전담하는 승무원을 두었다.

"불편하신 점이 있으시면 언제든지 말씀해 주십시오."

내가 요구하지도 않은 고급 양주와 안주를 내오기까지 했다.

"예, 고맙습니다."

"편안한 여행되십시오."

내게 고개를 숙인 여승무원은 뒤쪽에 마련된 자신의 자리로 돌아갔다.

"어딜 가나 우리 대표님은 대접을 받으신다니까."

김만철은 여승무원이 가져온 양주를 잔에 따르면서 말했다.

낮이든 밤이든 김만철은 주는 술을 마다치 않았지만 나의 경호에서는 어떤 허점도 보인 적이 없었다.

5시간 정도 비행을 하자 평양이 눈앞에 펼쳐졌다.

평양 순안공항은 처음이었다.

북한을 방문했을 때와 돌아갈 때 모두 자동차를 이용해 육로로 돌아왔었다.

평양 순안국제공항은 평양에서 북쪽으로 22㎞ 떨어진 순안구역에 자리 잡고 있다.

평양에서 순안까지 고속도로가 연결되고 경의선이 통과하여 교통은 편리한 편이지만, 활주로가 2본밖에 갖추어져 있지 않아 국제공항으로서는 시설이 충분하지 않은 편이다.

순안공항에는 뜻밖에도 김평일이 직접 마중 나와 있었다.

"하하하! 이렇게 다시 뵙게 되니 더욱 반갑습니다."

김평일은 큰 소리로 웃으면서 내게 손을 내밀었다.

"공항까지 나와주실지 몰랐습니다."

난 그의 손을 잡으며 말했다.

"당연히 나와야지요. 강 대표님의 손에 우리 북조선의 미래가 달렸는데요."

김평일의 목소리는 이전보다도 힘이 넘치고 있었다. 그의 위치가 확실해져 간다는 방증이기도 했다.

　그의 옆에는 코사크에서 파견한 경호원 다섯 명이 처음 보는 인물과 함께 김평일의 바로 뒤에서 그를 보좌하고 있었다.

　이십 대 후반 정도로 보이는 사내는 상당히 강해 보였다.

　호위총국에서도 김평일에게 경호원을 붙였지만, 근접경호는 코사크의 인물들이 맡았다.

　그도 그럴 것이 김평일은 평양을 떠난 지 오래되었기 때문에 자신을 경호할 인물들을 선택하기가 쉽지 않았다.

　아직도 누구인지 범인이 밝혀지지 않고 있는 김정일 암살사건에서도 보았듯이 최측근조차 의심할 수밖에 없는 상황이었다.

　"하하! 제가 그 정도의 위치가 되었습니까?"

　"물론이지요. 신의주 특별행정구가 잘못되면 저는 또 타국을 전전할지 모릅니다."

　"절 완전히 몰아붙이십니다."

　"안 그러면 제가 힘들어지거든요. 하하하!"

　밝게 웃는 김평일의 모습이 보기 좋았다. 그가 전면에 나선 후에 북한 주민들에게 공급되는 식량이 더 많아졌다는 소식을 들었다.

김평일을 부각하기 위한 선심정책일 수도 있겠지만, 그로 인해서 북한 주민들의 어려움은 조금 나아진 상태였다.

공항 밖에 대기하고 있는 벤츠 차량에 김평일과 함께 올라탔다.

벤츠가 출발하자 그를 경호하기 위한 차량들도 함께 움직였다. 그가 이동할 때는 오십여 명에 달하는 경호인력이 함께했다.

이는 김정일의 절반 수준이었다.

차량은 곧장 백화원초대소로 향했다.

북한에서 내가 머무는 숙소는 백화원초대소로 정해진 것 같은데, 국가원수들이나 머물 수 있는 1호각으로 배정되어 있었다.

1호각은 접견실을 비롯한 다섯 개의 방으로 이루어진 스위트룸이다.

나와 김평일은 접견실에서 신의주 특별행정구에 대한 이야기를 나누었다.

"일본 쪽에서 상당한 관심을 두고 있는 것 같습니다. 조선총련을 통해서 의사를 타진해 오는 기업들이 여럿 있었습니다."

신의주 특별행정구의 입주 권한은 모두 행정장관에게 있

었다. 일본의 기업들은 특별행정구에 입주하려면 설치 중인 행정장관실을 통해서만 가능했다.

북한 당국에 직접 접근하는 것은 신의주 특별행정구의 모든 권한을 가지고 있는 행정장관인 나를 무시하는 행위였다.

"일본 기업들이 어떤 생각인지는 모르지만, 입주 창구는 단일화되어야 하고 저를 통해서만 가능해야 합니다."

"하하! 물론입니다. 일본의 관심이 많다는 것을 말씀드리려고 했던 것뿐입니다. 저는 일본의 이중적인 행동을 잘 알고 있습니다."

"제가 남한에 있을 때 일본의 내각정보조사실 소속의 인물들에게 미행을 당한 적이 있습니다. 아마도 신의주 특별행정구와 관련되어 저에 대해 좀 더 자세한 것을 알아내려고 미행을 한 것으로 추측하고 있습니다."

회사를 운영하고 사업을 할 때는 일본에서 날 주목할 이유가 없었다.

신의주 특별행정구의 장관으로 발표가 난 이후부터 벌어진 일이었다.

"일본 놈들은 남북한이 함께 뭔가를 하려고 하면 상당히 민감하게 반응을 하지요. 절대 잘되는 꼴을 보고 싶지 않을 테니까요."

"일본만이 아닐 것입니다. 아직은 시작 단계라 지켜보고 있겠지만, 중국이나 미국도 특별행정구가 잘되는 것을 원치 않을 것입니다. 자신들의 국익에도 반하는 일이니까요."

"하긴 자기들이 생각하는 틀 안에서 움직이길 바라고 있겠지요. 놈들에게 본때를 보여주어야 합니다. 남북한이 힘을 합치면 얼마나 큰 힘을 발휘하는지를요."

김평일은 외국 생활을 통해서 이들 나라가 어떤 식으로 국제사회에 영향력을 끼치고 자신들의 국익을 위해 움직이는 것을 직접 보았다.

국제관계란 서로가 웃는 모습의 가면을 쓰고 악수를 하지만 그 가면 뒤편에는 어떤 얼굴을 하고 있는지 알 수 없었다.

"당연히 그래야만 합니다. 신의주 특별행정구의 성공은 남북한뿐만 아니라 동북아 힘의 균형에도 영향을 줄 수 있는 태풍의 눈이 될 것입니다. 이걸 잘 이용하면 남북한이 이루고 싶어 하는 것들을 더 쉽게 얻을 수 있을 것입니다."

신의주 특별행정구가 확고하게 자리를 잡는다면 남북한은 큰 변화를 맞이할 것이 분명했다.

그 변화가 올바른 방향으로 움직일 때 남북한의 통일도 가능했다.

"하하하! 경영만 잘하시는 줄 알았는데 국제관계에 관한 정치적 식견도 대단하십니다. 제가 정말 많이 배워야 할 것 같습니다."

김평일이 김정일과 다른 점은 자신이 부족하다고 여기는 것을 자존심을 내세우지 않고 배운다는 것이었다.

"식견까지는 아닙니다. 외국에서 사업을 하면서 자연스럽게 얻어진 지식일 뿐입니다."

순간 김평일은 내 대답을 듣고는 뜻밖의 질문을 던졌다.

"제가 왜 강태수 대표님을 선택한 줄 아십니까?"

"글쎄요? 잘 모르겠습니다."

"강 대표님은 말보다 먼저 행동으로 보여주시는 분이기 때문입니다. 더구나 강 대표님은 지식이 아닌 지혜를 가지고 계십니다. 지금 나이로는 갖출 수 없는 지혜를 말입니다."

김평일은 마치 날 잘 알고 있는 것처럼 말했다.

'김평일도 보통 인물이 아니구나. 하긴 그렇지 않다면 다시금 권력을 잡을 수 없었겠지.'

"하하하! 정말 좋은 말씀을 해주시니 기분은 좋습니다."

"기분이 좋아지셨다면 저도 기쁩니다. 저는 진심으로 한 말입니다. 하하하!"

흰 이를 드러내며 웃는 김평일의 모습에서 자신감이 흘러나왔다. 처음과 달리 김평일은 자신의 본모습을 서서히 드러내고 있었다.

'음, 나에게 모든 걸 드러내지 않았어······.'

어쩌면 내가 그를 이용하는 것이 아닌 그가 나를 이용하고 있다는 생각마저 들었다.

＊　　　＊　　　＊

평양에서 얼마 떨어진 한적한 장소에 북한에서 보기 힘든 남유럽풍의 고급주택이 자리를 잡고 있었다.

아름다운 주변 풍경에 어울리는 넓은 정원을 갖춘 고급주택 주변으로는 상당한 인원들이 무장한 채로 경비를 서고 있었다.

주택의 2층에는 창이 열려 있었고 한 사내가 바깥풍경을 감상하듯 바라보고 있었다.

열린 창을 통해서 병풍처럼 강을 둘러싸고 있는 절벽을 바라보는 인물은 다름 아닌 김정일이었다.

김정일은 휠체어에 앉아 있었고 그의 뒤로는 묘령의 여자가 뒷짐을 지고 서 있었다.

김정일의 얼굴은 이전과 같지 않았다.

입이 돌아간 것처럼 입꼬리가 위로 올라갔고 왼쪽 눈의 눈꺼풀이 계속해서 본인의 의지와 상관없이 떨리고 있었다.

김정일의 오른손도 풍에 맞은 사람처럼 가만있지 못한

채 계속해서 흔들렸다.

북한의 최고 권력자였던 그의 위상과 모습에 전혀 걸맞지 않은 모습이었다. 하지만 그의 눈만은 적개심에 불타오르고 있었다.

"평일… 이… 가 평양에 들… 어왔다… 고?"

김정일은 힘겹게 입을 열었다. 그의 입에서는 어눌하고 어색한 목소리가 흘러나왔다.

목소리마저 탁해져 자세히 듣지 않으면 알아듣기 힘들었다.

"예, 일찌감치 들어와 있었습니다. 당비서께서 일을 당하시던 때였죠."

30대 초반으로 보이는 의문의 여자는 김정일을 어려워하지 않는 것 같았다.

탁!

김정일은 여자의 말에 정상적인 왼팔로 자신이 타고 있는 휠체어를 내려쳤다.

"나… 에게… 왜… 알리지… 않았나?"

"알렸지만 중간에서 정보가 차단되었더군요. 당비서의 주변 인물들도 이번 일에 가담한 것 같습니다."

"장… 성택… 이까지… 날… 배신… 해……! 누가… 또 있지……?"

"잠시 귀를 빌리겠습니다."

여자는 허리를 숙여 김정일의 귀에 무언가를 말했다. 그러자 김정일 두 눈이 크게 떠졌다.

"크으. 흑! 아니야…… . 그럴리… 가 없… 어!"

김정일은 괴로운 듯 신음성을 내뱉었다.

"저와 맺었던 계약을 이행해 주시면 원하시는 목표를 제거하겠습니다."

김정일은 여자의 말에 한동안 입을 열지 않았다. 무언가를 생각하는 듯이 깊이 생각에 빠진 모습이었다.

그리고 뭔가를 결심하듯이 입을 열었다.

"조… 건은?"

"변동된 것은 없습니다. 1억 달러와 함께 그분을 풀어주시면 됩니다."

김정일이 고개를 끄떡이자 묘령의 여인은 만족스러운 미소를 띤 얼굴로 방을 나갔다.

'이대로 뒷방 되물이 되어 죽을 수야 없지. 내가 북조선을 버린 게 아니라 북조선이 날 버린 거야.'

이를 앙다문 김정일의 표정은 무척이나 비장했다.

Chapter 9

다음 날 나는 곧장 신의주로 출발했다.

북한을 방문한 목적도 신의주 특별행정구의 진행 상황을 살피기 위해서였다.

신의주에는 이제 나와 연락을 주고받을 수 있는 사무실이 차려져 있었다.

특별행정구가 들어설 지역은 이전과 많이 달라져 있었다. 논과 밭이었던 곳은 백여 대에 달하는 건설중장비들이 굉음을 내면서 땅을 헤집고 있었다.

공사 현장에는 수천 명의 군인이 동원되어 주변 도로를

정비 중이었고, 전문적인 건설인력도 근 천여 명에 달했다.

주변 정리가 끝나면 더 많은 인력들이 투입될 예정이었다. 새롭게 인수한 닉스E&C에서도 십여 명이 파견되어 있었다.

현지 현장소장이 연락을 받고 나를 안내했다.

"처음 뵙겠습니다. 현지 소장을 맡고 있는 김현우 과장입니다."

고개를 숙이며 자신을 소개한 김현우는 서른 중반으로 보였다.

"수고가 많으십니다, 강태수입니다. 공사 진행 상황은 어떻습니까?"

"저희가 예상한 것보다 빠릅니다. 북한에서 무척이나 신경을 쓰는 것 같습니다. 평안북도에 있는 건설장비를 모두 가져왔다고 합니다."

김현우 소장의 말처럼 굉음을 울리면서 움직이고 있는 건설장비들의 역동적인 움직임은 북한의 다른 건설현장에서 볼 수 없는 광경이었다.

남한보다는 조금 낡고 구식인 건설장비들이었지만 이처럼 대규모로 동원되는 것은 이례적인 일이다. 대부분 건설현장에는 대규모 인력을 동원하여 건설장비들을 대체했다.

"저희 쪽 장비들은 언제 도착합니까?"

"어젯밤 인천에서 출발했습니다. 30분 전에 신의주항에 들어섰다는 소식을 받았습니다. 늦어도 저녁까지는 현장에 도착할 수 있을 것입니다."

인천항에서 출발한 배는 12시간 만에 압록강에 도착한 것이다.

신의주항은 북한이 제일 먼저 정비 작업을 마쳐 놓았다.

신의주시 압록강 하류에 있는 신의주항은 수천 톤급의 배들이 정박할 수 있었다.

항구에는 여러 가지 항만 기중기와 벨트컨베이어, 구내 운반차 등 운송수단들은 물론 화물보관창고들과 야적장이 충분히 갖춰져 있었다.

신의주를 선택한 이유도 이러한 해상운송이 가능하다는 장점을 갖추었기 때문이었다.

앞으로도 신의주항을 더 증설해서 특별행정구에서 만들어진 제품들을 남한과 외국으로 수출하게 될 것이다.

"그럼 이번 달에 행정청 공사에 들어갈 수 있겠네요?"

우선적으로 신의주 특별행정청 공사를 진행할 계획이었다.

"예, 설계도도 이미 완성된 상태라 충분히 가능합니다."

특별행정청은 특별행정구 내에 중앙에 위치하게 된다.

신의주 특별행정구를 진행하기로 한 날 곧바로 설계에 들어갔다.

"철도 쪽은 어떻게 진행되고 있습니까?"

신의주역에서 중국과 남한으로 생산된 제품들이 보내질 것이다. 기차 또한 물류수송에 큰 몫을 차지할 예정이다.

더구나 남북한은 지금 경의선 복원에 관련된 세부 협상을 진행하고 있었다.

경의선이 완전히 복원되면 신의주에서 부산까지 논스톱으로 운송하는 길이 열린다.

또한 중국과의 협상을 통해서 부산에서 중국을 거쳐 러시아, 더 나아가 유럽까지 연결되는 신실크로드도 가능해질 수 있었다.

그렇게 되기까지는 중국과 러시아도 철도유통망에 상당한 투자가 이루어져야만 했다.

우선은 남북한의 철도가 연결되는 것만으로도 큰 경제적인 효과를 볼 수 있었다.

저렴한 제품을 신의주 특별행정구에서 만들어도 물류비용이 비싸진다면 제품 가격이 올라갈 수밖에 없었다.

"철도는 조금 시간이 걸릴 것 같습니다. 먼저 전기공사와 수도공사를 끝냈다는 계획입니다."

"뱃길이 열렸으니 철도가 조금 늦어도 상관없겠네요. 주변 정리가 끝나면 본격적으로 특별행정구역 내의 공사가 이루어질 것입니다. 그때를 맞추어서 공사에 관련된 지원들을 모두 마쳐놓으시길 바랍니다."

"예, 본사에서 다음 주에 인원을 보강해 주기로 했습니다."

닉스E&C는 내부 정비가 끝나자마자 대규모로 인력 충원에 들어갔다.

앞으로 닉스E&C는 특별행정구역의 공사와 러시아 진출에 주력할 생각이다.

더구나 북한의 저렴한 건설인력을 사용할 수 있게끔 김평일과 이야기를 다 해놓은 상태였다.

북한의 건설인력은 생각보다 기술이 떨어지지 않았고 경험도 많아 대규모의 공사들에도 상당한 강점을 가지고 있었다.

고무적인 것은 신의주 특별행정구의 주력건설사로 선정된 이후부터 닉스E&C의 국내 수주도 늘고 있다는 점이다.

돈이 되는 관급공사도 정부부처의 도움에 힘입어 여러 건을 수주했다.

이 모든 게 신의주 특별행정구의 성공을 원하는 정부의 지원이기도 했다.

"힘들겠지만 우리가 새로운 역사를 만들어낸다는 생각으

로 열심히 해주시길 바랍니다. 그 보답은 제가 꼭 해드릴 테니까요."

"예, 걱정하지 마십시오. 새롭게 회사가 바뀌고 나서부터 회사 전체가 역동적으로 움직이는 모습에 절로 힘이 납니다."

김현우 소장은 밝은 표정으로 말했다. 그도 회사가 어려워지자 퇴사를 고민했던 인물이었다.

한데 이제는 그런 걱정을 전혀 할 필요성이 없게 된 것이다. 닉스E&C는 하루하루 변화하고 있었고 국내의 어느 건설업체보다도 탄탄한 입지를 가진 회사가 되어가고 있었다.

*　　　*　　　*

함경북도에 회령시에 자리를 잡고 있는 전거리 교화소(교도소)에 북한에서는 흔히 볼 수 없는 고급 벤츠 차량이 멈춰 섰다.

전거리 교화소는 북한에 있는 정치범을 제외한 모든 범죄자를 수용하는 장소였다. 또한 북한 당국에 위험인물로 낙인찍힌 사람들이 수용된 곳이었다.

주변의 산세가 몹시 험하고 진입하는 길이 하나라 탈출

도 쉽지 않았다.

더구나 교화소 내에는 다른 교화소보다도 경비병이 백여 명이나 더 많았다.

서류를 확인 병사가 손을 흔들자 교화소의 문이 열렸다.

안으로 들어서자 경비병들과 함께 움직이는 경비견들이 심하게 짖어댔다.

높은 담과 교화소 주변을 둘러싸고 있는 전기 철조망, 그리고 감시탑마다 일반 교화소는 달리 중화기가 설치되어 있었다.

더구나 교화소 중앙에 있는 건물 위에는 헬리콥터까지 갖추어져 있었고, 얼마 떨어지지 않는 곳에는 비상시 출동할 수 있는 군부대가 2개 부대나 배치되어 있었다.

그중 하나는 특수 8군단 소속의 저격여단 1개 대대였다. 1개 대대에는 350명 수준이었다.

벤츠에서 내린 인물은 다름 아닌 김정일이 치료차 요양하고 있는 고급저택에서 보았던 여인이었다.

검은 선글라스를 쓴 여인은 곧장 교화소를 관리하는 건물로 들어갔다.

여인은 건물 3층에 있는 소장실로 거침없이 문을 열고 걸어 들어갔다.

경비들은 이미 여인의 정체를 아는지 아무런 제지를 하

지 않았다.

"오랜만에 뵙습니다. 김철진 소장동무."

여인은 푹신해 보이는 소파에 그대로 앉으며 말했다. 그녀의 등장에 살짝 인상을 찌푸리며 일어나는 김철진의 양쪽 어깨 위 견장에는 두 개의 별이 달려 있었다.

"이번에는 무슨 일로 오셨습니까?"

그의 말투로 보아서 여인은 그보다도 높은 위치에 있었다.

"당비서 동지의 허락이 떨어졌습니다. 그분을 풀어주셔야겠습니다."

여인은 서류 하나를 김철진 소장에게 내밀었다.

김철진은 서류를 받아들고는 꼼꼼하게 살폈다. 서류는 문제가 없었지만, 그의 표정에는 불만이 가득했다.

전거리 교화소는 특별히 김정일의 지시로 관리하는 곳이었다.

"당비서 동지께서 왜 지금 이자를?"

"지금 그분이 필요할 때이니까요."

여인은 김철진과 달리 교화소에서 빼내려는 인물에게 존댓말을 붙였다.

"위험한 선택을 하는 것이 아닙니까? 이선화 동지."

이선화라고 불린 여인은 북한 내에서 존재하지 않는 인

물로 되어 있었다.

그녀는 김정일이 최후의 보루로 여기는 비밀집단을 거느리는 여인이기도 했다.

"위험이 존재하지 않으면 기회도 없는 것입니다."

"이자가 또 광분하여 인명을 무차별적으로 학살하면 그때는 즉결로 사살할 것이오."

"내가 하나만 말해주겠소. 그렇게 되기 전에 김철진 동무의 머리가 그분에 의해 목에서 사라질 것이오."

옅은 미소를 띠며 말하는 이선화의 말이 서슬 퍼런 칼날이 목에 와 닿은 느낌이었다.

'이 미친 애미나이가.'

김철진은 차마 머릿속에 떠오른 말을 입 밖으로 뱉을 수 없었다.

"자, 나도 시간이 없으니 석방 서류에 사인을 하시지요."

이선화의 말에 김철진은 내키지 않은 표정이었지만 서류에 사인할 수밖에 없었다.

이선화는 전거리 교화소에서 가장 깊은 곳에 내려와 있었다.

암반을 파내고 만든 이곳은 빛이라고는 전혀 들어오지 않는 어둠의 공간이었다.

이선화가 내려오지 않았다면 어둠을 몰아내는 전등이 켜지지 않았을 것이다.

이곳에 들어서자마자 매캐한 냄새가 코를 자극했고 바닥에는 지하수가 흐르는지 물이 흥건했다.

더구나 지상보다도 4~5도나 기온이 차이가 났다.

서늘함마저 느껴지는 이곳은 보통 사람이라면 단 하루라도 버티기 힘들었다.

두께가 일반 철문보다 두 배나 되는 육중한 강철문 앞에 선 이선화의 얼굴에는 묘한 미소가 번지고 있었다.

그리고 그녀가 바라보는 철문 뒤쪽에서는 압도적인 패기가 소용돌이치듯이 휘몰아치고 있었다.

*　　　*　　　*

기다리던 경의선 복원에 대한 남북한 합의가 이루어졌다.

북한을 방문하고 돌아온 지 보름만의 일이었다.

경의선은 서울에서 신의주까지를 연결하는 한반도 종단 철도노선이다. 서울에서 개성을 거쳐 사리원을 지나 신의주까지 운행되는 철도다.

경의선이 복원되면 신의주에서 만들어진 제품들을 손쉽

게 남쪽으로 보낼 수 있었다.

시간이 지남에 따라 신의주 특별행정구에 참여하겠다는 기업도 하나둘 늘어나고 있었다.

일찌감치 투자를 결정한 대우그룹을 비롯하여 삼성과 선경에 이어 쌍용그룹까지 참여를 발표했다.

럭키금성와 대산그룹도 발표를 앞두고 있었고 현대그룹 또한 내부 조율 중이었다.

대기업 외에도 중국 진출을 생각하던 중견기업들 상당수가 신의주 특별행정구로 발길을 돌렸다.

국내 굴지의 대기업들의 참여가 늘어난 것은 북한 당국의 달라진 모습과 신의주 특별행정구의 독립적인 환경 때문이었다.

닉스와 명성전자, 도시락을 비롯하여 러시아의 룩오일도 특별행정구에 입주를 발표했다.

룩오일은 북한을 거쳐 남한으로 연결하는 송유관 사업을 진행하기 위해서였다.

또한 룩오일은 별도로 중국의 국영기업인 중국석유천연가스집단공사(中國石油天然氣股份有限公司)와 송유관 건설 협상을 벌이고 있었다.

중국석유천연가스집단공사(CNPC)는 중국에서 가장 규모가 큰 석유 관련 기업이었다.

천연가스와 원유를 신의주로 들여오는 2가지 루트 중에서 중국을 거쳐서 오는 것을 선택했다.

우스리스크와 블라디보스토크를 거쳐 오는 루트는 경제적인 실익이 떨어졌고 공사 비용도 더 많이 들어갔다.

중국은 현재 수많은 기업과 공장들이 앞다투어 세워지고 있는 터라 천연가스와 원유의 공급이 절대적으로 필요했다.

중동에서 사들이는 원유와 천연가스를 송유관을 통해서 안정적으로 공급받는다면 중국은 전략적인 자원을 손쉽고 더 값싸게 확보할 수 있게 되는 것이다.

문제는 공급량이었다.

나는 될 수 있으면 중국보다는 신의주 특별행정구와 남한에 많은 양을 공급하고 싶었다.

저렴한 에너지자원을 바탕으로 국가경쟁력을 더욱 높일 수 있기 때문이다.

닉스의 신의주 공장 설립과 관련된 전체 회의 후 한광민 소장과 이야기를 나누었다.

닉스의 성장세는 국내뿐만 아니라 미국과 일본의 인기에 힘입어 제작하는 대로 신발이 팔려 나갔다.

더구나 닉스 미국법인이 설립되었고 뉴욕에 닉스 직영매장이 이번 달 말에 오픈을 앞두고 있었다.

뉴욕뿐만 아니라 동부의 다른 지역에 있는 판매처들과도 좋은 조건으로 계약이 성사되어 이달 내로 신발 공급이 이루어질 예정이다.

부산공장에서 35명의 생산 인력을 추가로 뽑았는데도 공급량이 부족했다.

부산에서 닉스만이 신규인원을 뽑았을 뿐이지 다른 신발 공장들은 인원을 감축하는 상황이라, 닉스에 근무한다는 것만으로 다른 회사의 직원들에게 부러움을 사고 있었다.

"이거 쉴 틈이 없어. 뉴욕매장에 공급하는 물량하고 신제품도 2종류나 새로 나와서 말이야."

뉴욕매장의 규모는 국내 닉스매장보다 세 배 정도 크기가 컸다.

매장의 한쪽은 서울 본사에서처럼 멋진 카페를 꾸밀 예정이다.

이미 닉스 본사에서 운영하는 카페는 가로수길의 명물로 자리를 잡았고 멋쟁이들이 몰려들어서 패션의 메카로 떠올랐다.

"신의주에 공장을 세우면 달라질 것입니다."

"중국은 포기한 거야?"

원래 차기 공장은 중국과 베트남을 생각했었다.

한국에서 생산되는 제품은 전량 국내에 공급하고 해외에

서 생산하는 신발은 수출용으로 계획했다.

국내에서는 큰 공장을 세울 만한 마땅한 부지가 나오지 않았다.

부산공장 주변의 공장들도 고만고만해 새롭게 공장을 인수해도 얼마 가지 못해서 신발 공급이 부족해지고 말았다.

아예 큰 공장을 설립하는 것이 미래를 위해서도 좋았다.

"중국도 신의주에서 만든 제품으로 공략하려고요. 우리나라 사람의 손재주는 세계 제일이잖아요. 10만 평 정도 되는 부지에 닉스와 명성전자 그리고 도시락 공장이 함께 들어갈 것입니다."

"이야! 스케일이 다르네. 10만 평에 공장을 몇 개나 세우려고. 한두 개로는 턱도 안 되겠는데?"

"공장을 처음부터 다 세우지는 않을 것입니다. 판매량에 따라서 공장을 증설할 것이니까요. 미리 부지를 확보하는 차원에서 10만 평을 생각한 것입니다. 블루오션에서 앞으로 세울 반도체공장과 휴대전화 공장은 별도로 10만 평을 가져갈 계획입니다."

"하하하! 역시 생각이 달라. 이젠 그룹이네, 그룹이야! 닉스E&C도 새롭게 인수했잖아?"

"회사들이 커지기는 해도 아직 그룹은 아닙니다."

"왜 이래. 나도 듣는 이야기가 있어. 러시아에도 사업체가 한둘이 아니잖아?"

"뭐, 그렇긴 한데요. 그래도 아직은."

난 말을 아꼈다.

사실 국내의 있는 사업체들보다 러시아에 있는 기업들의 사업 규모가 훨씬 컸다.

세레브로 제련공장만 하더라도 이미 명성전자의 매출을 넘어섰고 도시락과 비슷한 수준이었다.

이 모든 게 한국으로 수출하는 알루미늄괴 때문이었다.

또한 세레브로에서 소유하고 있는 보크사이트 광산에서 올해 중순부터 양질의 보크사이트를 생산하고 있었다.

보크사이트는 알루미늄의 원료가 되는 광석으로서 산화 알루미늄을 52~57% 함유하는 광석이다.

거기에 다이아몬드를 생산하는 알로사와 천연가스, 원유 를 공급하는 룩오일과 노바테크는 물론 모스크바 제일의 경비회사로 올라선 코사크도 큰 사업체로 부상했다.

소빈뱅크도 뉴욕, 서울, 상하이, 프랑크푸르트에 지점을 세우면서 급속한 성장세를 구가하고 있었다.

사실 한광민 소장의 말처럼 그룹이라고 말해도 손색이 없는 기업들을 소유하고 있었다.

"하여간에 닉스 말고도 든든한 회사들이 서로 받쳐주 고 있다는 것이 좋은 거지. 신의주 공장은 1년 정도 걸리겠네?"

"부자재 공장들도 함께 들어서야 하니까 완공까지 1년은 걸릴 것입니다."

신의주 특별행정구에 들어설 닉스공장은 신발을 만드는 것과 관련된 모든 부자재 공장들이 함께 들어설 예정이다.

"닉스가 많이 벌긴 하지만 들어가는 돈도 만만치가 않겠어?"

"미국 쪽에서 내년까지 이렇게만 매출이 나오면 충분히 감당할 수 있습니다."

미국은 올해보다 내년이 더욱 성장할 것이다. 올해는 닉스의 기반을 닦는 형태였다.

마이클 조던이 펄펄 날고 있고, 그의 이름을 딴 농구화가 없어서 못 팔고 있었으므로 내년에는 올해보다 더 매출과 이익이 나올 것이다.

프랑스와 영국 등 유럽의 시장에서도 닉스를 구매하고 싶다는 판매업자들의 문의가 점점 늘어나는 추세였다.

"한편으로는 닉스가 너무 무서울 정도로 성장한다는 생각이 들어."

"하하! 그러시면 호랑이 등에 올라탔다고 생각하십시오. 기회가 왔을 때 국내는 물론이고 외국 업체들도 닉스를 따라올 수 없게끔 격차를 벌려 나야지요."

"하긴 잘나갈 때 더욱 잘해야지. 한데 요새 국내 업체들도 닉스의 디자인을 많이 따라 하는 느낌이야."

"앞서가는 기업의 숙명이죠. 하지만 카피만으로는 업계를 선도할 수 없습니다. 디자인을 비슷하게 내어 놓아도 기술력이 없으면 저희의 품질을 따라올 수 없으니까요. 디자인과 기술 우리는 이 두 가지를 항상 함께 가지고 가야 합니다."

내 말에 한광민 소장의 고개가 끄떡여졌다.

신발산업이 전반적으로 힘들어지자 대기업에 속한 회사들조차 디자인비용과 기술개발비를 줄이고 있었다.

이들 회사는 손쉽게 외국제품을 모방하거나 인기제품의 디자인만을 살짝 바꿔서 신발을 출시했다.

"잘될 때 더욱 신경을 써서 제품의 디자인과 좋은 품질로 만들어야 하는데 말이야. 그걸 등한시하다가 안 될 때면 무작정 경비절감만을 내세우고 쉽게 가려고만 하니… 그게 정말 문제야."

신발업종만이 아니었다. 전반적인 우리나라 제조회사들의 문제였다.

좋은 호시절에는 내실과 기술개발보다는 먼저 회사의 덩치만을 키우기 위해 힘을 썼다.

"그래서 신발업종이 힘들어진 것입니다. 우리 닉스는 그런 전철을 밟지 말아야지요. 지금처럼만 해나가면 됩니다."

"그래야지. 이제 국내는 1등을 해봤으니까, 세계 1등을 하려면 부지런히 뛰어야지."

한광민 소장의 좋은 장점은 지금의 성공에 안주하지 않는다는 점이었다.

그의 말처럼 국내에서 닉스를 상대할 회사나 업체는 없었다. 아직 세계무대를 생각하면 닉스는 브랜드 지명도에서 한참 뒤졌다.

"신의주 공장이 앞으로 우리에게 세계 제일이라는 호칭을 가져다줄 것입니다."

"꼭 그렇게 되었으면 좋겠네."

"예, 꼭 그렇게 만들 것입니다."

닉스뿐만이 아니었다. 내가 운영하는 회사들 모두 국내를 벗어나 전 세계인들에게 사랑받는 회사와 브랜드로 만들 것이다.

*　　　*　　　*

닉스E&C와 별도로 공장건축설계를 전문으로 하는 창조엔지니어링을 65억 원을 들여 인수했다.

이 분야에서는 국내에서 앞서가는 회사 중의 하나였다.

닉스E&C도 건축설계분야가 별도로 있었지만, 공장설계보다는 일반 건물과 다리 건설 등에 특화되어 있었다.

창조엔지니어링에서 닉스와 명성전자 신의주 공장을 설계할 것이다.

또한 신의주 특별행정구에 설립하게 될 공장들도 창조의 손을 빌릴 공산이 컸다.

"1차적으로 55명을 뽑았습니다. 신의주 특별행정구의 진척 상황을 지켜보면서 추가로 인원을 뽑을 예정입니다."

닉스E&C의 총괄이사를 맡은 박대호 이사의 말이었다. 닉스E&C에는 박대호 말고도 3명의 이사가 더 있었다.

국내와 해외 건설을 담당하는 이사와 자금을 맡은 이사였다. 기존의 이사들을 모두 퇴사시키고 새롭게 영입한 인물들이었다.

자금 담당은 명성전자 재무팀 김현수 부장을 이사로 승진시켜 자리를 옮기게 했다.

김현수 이사는 천성적으로 성격이 꼼꼼해 실수가 거의 없었다.

"이제 회사도 어느 정도 정리가 된 상황이니 신의주에 집중해야 합니다. 닉스E&C가 성장할 원동력은 신의주에 있습니다."

"예, 저도 그렇게 보고 있습니다. 그리고 말씀하신 대로 모스크바 지사장을 부장급으로 상향하고 인원도 2배로 늘렸습니다."

"잘하셨습니다. 러시아에서도 이익이 되는 일들이 많아질 것입니다."

"예, 그렇지 않아도 어제와 오늘 2건의 수주를 받았습니다. 모두가 대표님께서 힘을 써주신 결과입니다."

모스크바의 오코노프 조직이 관여했던 건설업이 닉스E&C로 넘어오면서 곧바로 제대로 된 수주가 이루어진 것이다.

2건의 수주는 모스크바 중심에 15층짜리 건물과 쇼핑센터를 짓는 신축공사였다.

박대호는 내가 러시아에서 상당한 영향력을 가진 인물이라는 걸 어렴풋이 알고 있었다.

"잘됐습니다. 모스크바에 닉스E&C 이름을 널리 알려주십시오. 그러면 국내보다도 더 많은 일거리가 들어올 것입니다."

"예, 특별히 신경을 쓰고 있습니다. 그리고 이건 말씀드린 계획안입니다."

박대호가 내민 것은 닉스E&C에서 새롭게 만들 건축공모전이었다.

대학생은 물론이고 공고나 일반고에 재학 중인 고등학생들도 참여할 수 있는 건축공모전이었다.

젊고 참신한 아이디어를 발굴한다는 취지로 공모전에서 좋은 성적을 낸 학생에게는 해외연수와 해외유학의 기회를 제공했다.

유학비용과 연수비용은 모두 닉스E&C에서 제공할 예정이다.

다른 건축공모전들은 상금을 줬지만, 졸업 후나 방학 기간을 이용해서 해외유학과 해외연수를 제공하는 건축공모전은 없었다.

이를 통해서 닉스E&C는 젊고 유능한 인재들을 육성하여 더욱 단단한 회사로 나가기 위한 초석으로 삼을 생각이다.

기존의 틀을 따라가다가는 우물 안의 개구리밖에는 되지 않는다.

결재를 마친 나는 오랜만에 가족들과 식사를 하기 위해서 근처 호텔로 향했다.

가족들은 특정한 음식보다는 취향대로 마음껏 먹을 수 있는 뷔페를 좋아했다.

회사 일로 매여 있는 상황이라 자주 식사를 함께하지 못했다.

호텔 앞에 도착하자 부모님과 함께 밝은 표정으로 웃고

있는 가인이와 예인이의 모습이 눈에 들어왔다.

부모님은 가인이를 며느리인 양 대했고 가인이 또한 그렇게 행동했다.

환한 부모님의 모습에서 왠지 모를 행복감이 몰려오는 느낌이 들었다.

이것이 어쩌면 내가 그토록 꿈꾸고 그려왔던 모습일 것이다.

Chapter 10

학교를 마치고 온 정미까지 함께했다. 식구들이 한자리
에 모여서 외식을 하는 것도 오랜만이었다.

국내로 돌아와서도 숨돌릴 틈 없이 회사들과 정부관계자
들을 만나왔다.

다음 주에는 뉴욕의 닉스매장 오픈과 관련해 미국으로
건너가야만 했다.

"공부는 잘하고 있지?"

요즘 들어 여동생도 자주 보지 못했다. 정미는 닉스의 제
품들로 온몸을 코디하다시피 했다.

고등학생이나 대학생들뿐만 아니라 젊은 세대가 가장 선호하는 브랜드가 닉스의 새롭게 만들어낸 브랜드인 닉스프리였다.

"뭐냐? 만나자마자 공부 이야기만 하고. 그렇지 않아요, 언니들?"

정미는 가인이와 예인이를 번갈아 보며 말했다.

정미는 자신의 롤모델이 가인이와 예인이라며 열심히 두 사람의 스타일을 따라 했다.

공부도 좀 따라 했으면 좋겠지만 타고난 머리 때문인지 그건 쉽지 않았다.

"그렇긴 하지."

"틀린 말은 아니야."

두 사람은 정미의 말에 동조하듯 호응해 주었지만, 엄마는 아니었다.

내가 잘하고부터 엄마는 무조건 내 편이 되었다.

"오빠가 동생 걱정돼서 한 말 아니냐. 네가 평소에 잘하면 오빠가 그렇겠니. 가인이와 예인이도 그렇게 생각하지?"

두 사람은 엄마의 질문에 난감한 표정을 지었지만 가인이와 예인이를 무척 아끼는 엄마였다.

두 사람도 엄마를 좋아하고 잘 따랐다.

"물론 그렇기는 하죠, 어머니."

"아, 예."

가인이와 예인이는 멋쩍은 미소를 지으며 대답했다.

"뭐냐? 언니들. 내 말이 맞잖아?"

자기편을 들어주던 두 사람의 말이 바뀌자 정미는 항변하듯 말했다.

"네가 자꾸 그러면 가인이와 예인이가 얼마나 난처하겠니? 배도 고픈데 이제 밥이나 먹자."

조용히 앉아계시던 아버지의 한마디에 정미는 입을 다물었다.

엄마와 정미 사이에서 어쩔 줄을 몰라 하는 가인이와 예인이의 모습을 보고 있자니 정말 웃겼다.

아마도 세상에서 무서울 게 없다고 말했던 가인이도 어디로 튈지 모르는 예비 시누이인 정미는 두려운 것 같았다.

맛이 좋다는 소리를 듣는 호텔 뷔페라서인지 음식들이 상당히 깔끔하고 맛깔스러웠다.

가족들은 물론 가인이와 예인이도 만족스러워했다.

그때였다.

음식을 더 가지러 가셨던 아버지가 누군가와 이야기를 나누는 모습이 눈에 들어왔다.

그런데 아버지보다 나이가 어려 보이는 사람이 하대하듯

이 반말로 이야기를 툭툭 던졌다.

"이제 돈 좀 버셨나 봐? 이런 데도 다 오고."

벗어진 이마에 올챙이처럼 배가 불쑥 튀어나온 인물이었다. 아마도 아버지가 공장을 운영했을 때 거래하던 회사의 인물 같았다.

"아닙니다. 아들놈이 식사를 하자고 해서요. 이 부장님은 자주 오시나 보죠?"

"여기 음식이 괜찮아서. 강 사장이 아직 소식 못 들었나 보네? 나 이젠 부장이 아니라 이사야."

목에 힘을 주고 자신의 승진을 말하는 꼴이 가관이었다.

"아이쿠! 그러셨구나. 축하합니다."

"강 사장 사업은?"

"전 이제 접었습니다. 가끔 친구가 도와달라면 소일거리로 가게에 나가곤 합니다."

"하긴 강 사장이 오래 버틴 것 보면 용해. 그래서 사업은 아무나 하는 게 아니야."

더는 이 부장이란 사람의 말을 듣고 있을 수가 없었다. 아버지도 이야기를 듣고 싶지 않은 듯 표정이었다.

"아버지, 뭐 하세요?"

"어! 아는 분을 만나서. 인사해라. 이전에 나와 거래하던 회사의 부장… 아니지, 이장준 이사님이시다. 제 아들입니다."

아버지는 날 자랑스럽게 소개했다.

"안녕하십니까?"

난 최대한 화를 참으며 정중하게 인사를 건넸다.

"어, 그래. 대학생?"

천성적으로 말이 짧은 건지 아니면 거만함을 타고났는지 행동 하나하나가 밉상이었다.

"예."

"우리 딸내미도 이번에 서울에 있는 명국대에 들어갔지. 자넨 어디 다니나?"

명국대는 서울이 아닌 근교에 자리 잡고 있었다. 서울과 경기도 경계에 위치해 부득불 서울이라고 우기는 대학이었다.

밉상스런 이장준의 물음에 나 대신 아버지가 자랑스럽게 대답했다.

"우리 아들은 서울대에 다닙니다."

말을 하는 아버지의 표정에는 자부심이 들어 있었다.

"허! 성공했네. 무슨 과야?"

아버지의 대답에 이장준의 표정이 바뀌었다.

"경영을 공부하고 있습니다."

그때 땅딸하고 얼굴이 오밀조밀한 여자가 우리가 있는

쪽으로 다가왔다.

"아빠 뭐해? 엄마가 오래."

퉁퉁하고 굵은 다리 위로 짧은 청치마를 입은 모양새가 마치 하마가 치마를 입은 것처럼 보였다.

사람을 외모로 평가하지는 않았지만, 아빠와 엄마의 안 좋은 모습만 골라 닮은 것만 같았다.

"오! 우리 공주님. 우리 딸내미야. 어때, 예쁘지 않은가?"

고슴도치도 자기 자식이 예쁘다는 말 때문인지 이장준은 전혀 객관적이지도 않은 말을 내뱉었다.

'아! 정말 이건 아닌데……'

난 그에 대해 대답을 할 수 없었다. 아버지도 몹시 당황스러운 모습이었다.

"아빠도 참. 누구신데?"

이장준의 딸은 아버지의 말에 부끄러운 듯 머리카락을 옆으로 넘기면서도 눈으로는 날 유심히 살폈다.

"아빠랑 거래하던 분이고 앞의 친구는 아들인데, 서울대 경영학과를 다닌단다. 너랑 잘 어울릴 것 같은데."

이장준의 말투가 달라져 있었다. 하지만 그의 마지막 말은 정말 끔찍하게 들렸다.

"서울대 정도면 나쁘지 않지……."

이장준의 딸이 말을 끝나기 전에 가인이가 음식을 담은

접시를 들고서 우리 쪽으로 걸어왔다.

"아버님, 어머님이 찾으시는데요."

늘씬한 다리가 훤히 드러나는 흰색 원피스를 입은 가인이의 등장에 두 사람은 눈이 휘둥그레지는 것이 보였다.

150㎝가 될까 말까 한 키를 가진 이장준의 딸과 훤칠한 키와 팔등신의 모습을 갖춘 가인이는 정말 극과 극의 비교였다.

가인이의 외모는 TV 브라운관이나 영화관 스크린에서 곧바로 뛰쳐나온 여배우를 보는 듯했다.

"그래, 가야지. 우리 며느리 될 친구입니다. 이 친구도 서울대 경영학과에 다니지요. 그럼 저는 이만."

아버지는 멍한 표정으로 가인이를 바라보는 이장준에게 결정타를 날렸다.

두 사람은 아무런 말도 못 한 채 자리로 돌아가는 우리 세 사람을 쳐다볼 뿐이었다.

걸어가는 우리의 뒤쪽에서 이장준의 딸이 자신을 쪽팔리게 했다며 이장준을 닦달하는 소리가 들려왔다.

그리고 나와 가인이를 데리고 걸어가시는 아버지의 발걸음은 무척이나 가볍고 당당했다.

*　　　*　　　*

선거자금 1억 원을 건네기 위해 안기부의 박영철 차장을 만났다.

다음 주면 구로구에서 보궐선거가 펼쳐진다.

내가 밀고 있는 광복회의 신현석이 박빙의 차이로 2등을 달리고 있었다.

대선에 앞서 전초전 격인 선거라서인지 여당과 야당은 당내에 지명도 있는 중진을 후보로 내보냈다.

그리고 그들을 물심양면으로 지원했다.

"신현석 씨가 2등을 달리고 있지만, 오차 범위가 2% 이내입니다."

이 정도 차이면 사실 박빙이라고 봐야 했다.

"생각보다 박빙이네요."

"여당이나 야당이나 대선을 앞두고 이번 선거에서 승기를 잡고 가려는 생각입니다. 그나마 신현석 씨가 참신한 인물이고 구내에서 활동을 꾸준히 해왔기에 이만큼이라도 가능했습니다."

"당선 가능성을 어느 정도로 보십니까?"

"여당과 야당의 두 후보가 지금처럼만 서로 흠집을 내고 싸우기만 하면, 제가 볼 때는 당선 가능성이 아주 큽니다."

여당과 야당의 후보들은 연일 서로를 비방하고 흑색선전

을 일삼고 있었다.

그나마 신현석은 자신의 소신과 정책을 앞세우면서 열심히 뛰고 있었다.

그 점이 점차 지역구민들에게 인정을 받고 있었지만, 당선의 확신을 주기에는 아직은 부족했다.

여당과 야당의 두 후보는 신현석 씨를 자신들의 경쟁자로 생각지도 않았다. 서로 자신들이 유리한 쪽의 여론 조사를 통해서 자신이 선두에 있고 당선이 유력하다고 유권자들에게 말했다.

공정하지 못한 여론 조사에서는 항상 신현석 씨가 다섯 명의 후보 중에서 3등을 달렸다.

"어부지리를 얻는 전략이네요."

"예. 이번 구로 보궐선거는 이전투구식으로 변질되어 버렸습니다. 그건 대전도 마찬가지이고요. 이러한 후진적인 정치 모습에 지쳐 있는 젊은 층과 부동층을 끌어들어야 합니다."

대전에 출마한 충남대 장인모 교수도 선전하고 있었다.

대전은 충청도에서 강세를 보이는 여당이 그쪽 출신의 거물 정치인을 앞세워 표몰이를 하고 있었다.

"정치인이 좋은 정책들을 가지고 승부를 해야 하는데 그것이 아니라 흑색선전과 지역주의를 내세우고 있으니……

우리나라는 아직 먼 길을 가야 할 것 같습니다."

경제는 빠르게 발전하고 성장했지만, 정치는 늘 후진국 형태를 벗어나지 못했다.

10년, 20년이 지나서도 말이다.

"강 대표님이 바꾸셔야지요. 전 이번 북한의 변화에 매우 놀랐습니다. 그 이면에 대표님이 계셨다는 게 전 정말 다행스러웠습니다."

북한의 신의주 특별행정구 발표는 지금까지 북한이 추진해 온 어떤 일보다 급진적이고 파격적인 모습이었다.

더구나 말로만 그쳤던 그동안의 일들과는 달리 이번 발표 후에 북한은 곧바로 행동으로 보여주었고 경의선 복구라는 결과까지 이끌어냈다.

또한 남북한은 지금 한발 더 나가 남북한 정상들의 정기적인 정례정상회담 성사를 위한 협상을 진행하고 있었다.

"김평일이 전면에 나섰기 때문에 가능했던 일이었습니다."

"그게 저희에게도 큰 도움이었습니다. 그런데 김정일이 어떻게 되었는지 들은 이야기가 있으십니까? 저희 쪽 레이더에서는 완전히 모습을 감춰서 말입니다."

박영철 차장뿐만 아니라 정부관계자들이 나에게 김정일과 관련된 질문을 자주했었다.

"저도 들은 바가 없습니다. 이번 암살 사건으로 죽지 않았다는 것밖에는요."

"음, 김정일의 성격상 이대로 가만있지는 않을 것입니다. 그 추종자들도 아직 건재한 인물들도 적지 않아서 말입니다. 전면에 나서고 있는 김평일이 잘 이겨낼지가 문제입니다."

박영철 차장의 말처럼 몇몇 인물들이 지방으로 좌천하거나 숙청되었지만, 김정일의 사람이라 생각되는 인물들 상당수가 아직 건재했다.

북한은 지금 김평일과 김정일이 드러나지 않은 수면 아래에서 권력투쟁을 벌이고 있었다.

"제가 볼 때 김평일이라면 북한을 잘 이끌어갈 것입니다. 그는 생각보다 심기가 깊고 강한 사람이었습니다."

"저희도 그러길 바라는 마음입니다. 지금처럼 남북한이 하나가 되어 많은 일을 성사시킨 적이 없었습니다. 강 대표님께서 중간에서 다리를 놓아주지 않았다면 지금과 같은 결과가 나오질 않았을 것입니다. 한 가지 염려되는 것은 남북한의 강경론자들은 지금의 상황을 달가워하지 않다는 점입니다."

"그게 무슨 말입니까? 남북한이 가까워지는 걸 싫어한다는 것입니까?"

"예, 자신들의 이익이 줄어들 수도 있는 일이니까요. 이대로 남북한 정상회담까지 성사된다면 아마도 남북한의 군비 축소에 대한 이야기까지 나올 것입니다. 그렇게 되면 가장 타격을 받는 쪽이 군부와 그와 관련된 산업이 되겠지요."

박영철 차장의 말에 이해가 되었다.

남한은 물론 북한 또한 군부와 연관된 산업과 연관된 이권들이 상당했다.

무기를 만들어내는 회사와 무기상들 그리고 군에 종사하는 수많은 사람들이 영향을 받는다.

남북한 경제에 큰 부담이 되는 군비는 축소되는 것이 당연했지만, 그로 인해 손해를 보는 사람들도 있는 것이다.

"그들이 뭔가를 일으킨다는 것입니까?"

"아직은 모릅니다. 이러한 남북한 당사자들끼리의 갑작스러운 화해 분위기를 우리의 우방들도 좋아하지는 않으니까요. 앞으로는 모든 걸 고려해서 움직이셔야 합니다. 혹시 모를 강 대표님에 대한 테러에 대해서도 말입니다."

"음, 알겠습니다. 제가 거기까지는 생각하지 않고 있었습니다."

"원하신다면 저희 요원들을 붙여드릴 수도 있습니다."

"아닙니다. 저도 경호 요원들은 충분합니다. 자, 이건 말쏨드린 대로 조회가 안 되는 10만 원짜리 수표들입니다. 총 1억 원입니다."

나는 그에게 이서가 되어 있는 10만 원짜리 수표 1,000장이 들어 있는 서류봉투를 건넸다.

"감사합니다. 이 돈이 마지막 승부를 가리는 데 요긴하게 쓰일 것입니다."

"꼭 승리했으면 좋겠습니다."

"예, 반드시 승리할 수 있을 것입니다."

박영철 차장의 말처럼 정의를 위해서 싸우는 사람들이 승리했으면 하는 바람이었다.

그들에게 앞으로 도움을 주든 아니면 내가 도움을 받든 간에 이 나라의 앞날을 진심으로 걱정하는 사람들이 올바른 정치를 해야만 대한민국이 진정으로 건강해질 수 있었다.

*   *   *

선거 결과를 기다리기도 전에 난 미국행 비행기에 몸을 실었다.

태평양을 건너 뉴욕까지 14시간의 긴 비행 끝에 도착했다.

세계 경제의 심장부로 불리는 뉴욕의 한가운데에 닉스가

드디어 입성한 것이다.

뉴욕은 세계적인 금융의 도시이기도 했지만, 세계 패션을 선도하는 도시 중의 하나였다.

매년 뉴욕을 시작으로 런던, 밀라노, 파리에서 패션컬렉션이 펼쳐진다.

뉴욕컬렉션은 다른 4대 컬렉션과는 달리 실용적이고 심플한 스타일을 추구한다. 미국만의 실용적인 스타일을 드러내며 유통과 마케팅에 중점을 두고 있다.

이러한 패션의 도시에 닉스가 당당히 입성한 것은 상당히 고무적인 일이었다. 국내 신발업체뿐만 아니라 다른 패션브랜드 중 누구도 이루지 못했던 일이었다.

닉스의 뉴욕 진출은 국내 TV 방송과 신문사에서도 취재할 정도로 유명세를 치렀다.

닉스의 뉴욕매장은 맨해튼에 있는 소호(SOHO)지역에 자리를 잡았다.

소호는 뉴욕 쇼핑의 중심지로 패셔니스타들이 즐겨 찾는 패션의 거리로, 명품브랜드 매장들과 젊은 디자이너들의 편집숍, 갤러리들이 모여 있을 뿐 아니라 특색 있는 레스토랑들도 많았다.

이러다 보니 미국의 유명연예인과 모델은 물론 관광객들도 자주 찾는 곳이었다.

닉스매장은 앞으로의 미래를 위해서 천만 달러를 들여서 매장이 위치한 4층 건물을 아예 인수해 버렸다.

맨 위층은 닉스의 현지 디자인실로 꾸며졌고, 3층은 닉스의 미국법인 사무실로 2층 임시창고와 직원들의 휴게실로 만들어졌다.

나는 인테리어가 완성된 매장을 둘러보았다.

"한국 매장의 장점과 뉴욕 특유의 분위기를 내기 위해서 인테리어업자가 상당히 신경을 많이 썼습니다."

닉스의 미국법인의 책임자인 김석중 본부장의 말이었다. 그의 말처럼 독특하면서도 사람들의 눈을 확 끌어당길 수 있는 감각이 물씬 풍기는 인테리어였다.

뉴욕매장의 인테리어를 담당한 스미스는 미국에서 인연을 맺었던 슈퍼모델인 케이티 모스 때문에 알게 된 친구였다.

뉴욕의 패션컬렉션과 특색 있는 전시장들의 인테리어를 담당했던 인물로 이쪽에서는 꽤 유명했다.

"느낌이 정말 좋은데요. 한국매장에도 적용해야겠습니다."

"한국에서도 반응이 괜찮을 것입니다."

"이건 괜찮을 정도로 끝나지 않을 것 같습니다. 세련미와 고급스러움이 동시에 풍겨 나오는데요."

신발들과 닉스프리의 옷을 전시하는 공간도 남달랐고, 카페를 연결하는 통로도 패션쇼의 무대를 연상시키게끔 만들어져 있었다.

매장 내의 곳곳마다 특색이 넘쳐났다.

또한 서울 매장과 다른 점은 직접 조명과 간접 조명을 이용하여 매장 내에 명암을 주었다는 점이다.

이 분야의 명성이 달리 얻어진 것이 아니었다.

정말 돈이 아깝지가 않았다.

"마음에 드신다니 다행입니다. 사무실로 올라가서서 직원들을 만나보시죠."

"새롭게 들어온 현지 직원이 열 명인가요?"

"아닙니다, 열두 명입니다. 추가로 7명을 더 뽑을 예정이고 서류전형을 통과한 세 명이 면접을 보고 있습니다."

"그렇군요. 판매장 내 직원들은 더 신경을 쓰셔야 합니다."

"예, 경험 많고 노련한 지원자들이 많았습니다. 물론 저희 닉스에 녹아들 수 있는 사람들로 신경을 써서 뽑았습니다."

"잘하셨습니다. 저희 닉스는 제품보다 함께 미래를 걸어갈 수 있는 사람이 우선입니다."

"하하! 저도 그래서 닉스에 모든 걸 받칠 각오로 일하고 있습니다. 제 미래는 대표님이 책임져 주셔야 합니다."

"하하하! 닉스에 몸담은 모든 사람들을 책임질 것입니다.
걱정하지 마십시오."

즐거운 웃음소리와 함께 우리는 4층으로 향했다.

본사에서 파견된 관리 직원들 몇 명 외에 모두 현지에서
직원들을 채용했다. 그리고 나이키의 아성을 만들어냈던
3대 디자이너인 팅커 햇필드(Tinker Hatfield)를 끌어들였
다.

팅커 햇필드는 에어맥스1과 에어조던 시리즈를 만든 전
설적인 디자이너였다.

하지만 지금 그 일을 나이키가 아닌 닉스가 하고 있었기
에 팅커 햇필드의 역할이 나이키에서 많이 축소된 상황이
었고 에어조던 브랜드의 수석 디자이너의 역할도 할 수가
없었다.

실제로 마이클 조던이 아디다스로 넘어가려다가 나이키
에 남아 있는 이유가 바로 팅커 햇필드가 디자인한 에어조
던 시리즈가 맘에 들었기 때문이다.

그는 에어조던 3부터 디자인에 참여했다.

새롭게 설치된 엘리베이터가 4층에 도착해 문이 열리자
마자 개방된 넓은 공간이 펼쳐졌다.

그곳에는 다섯 명의 인물이 자리를 세팅하고 있었다.

1952년생인 팅커 햇필드의 나이는 올해 마흔이었다.

"닉스를 책임지고 있는 강태수 대표입니다."

팅커 햇필드에게 손을 내밀며 말했다.

"듣던 대로 젊으신 분이군요. 팅커 햇필드입니다. 팅커라고 부르십시오."

닉스의 신발 디자인을 한 단계 끌어 올릴 수 있는 인물이 내 눈앞에 있었다.

그를 끌어들이기 위해서 팅커 햇필드가 관심을 보였던 에어조던 시리즈 디자인의 모든 권한과 함께 미국 현지 디자이너의 영입과 관련된 권한까지 부여했다.

팅커 햇필드는 닉스의 수석디자이너로서 자신이 원하는 사람을 언제든지 뽑아서 팀을 구성할 수 있었다.

실제 나이키에서 했던 것처럼 에어조던 시리즈는 서울디자인센터와 협력하여 이제 그의 지휘하에서 디자인되어 나갈 것이다.

"디자인실은 마음에 드십니까?"

"예, 나이키와 비교해도 전혀 뒤떨어지지 않습니다. 저는 마음대로 바꿀 수 있는 이 공간이 마음에 듭니다."

"마음에 든다니 다행입니다. 언제든지 필요한 것이 있으면 여기 계신 본부장님께 말씀하십시오. 무엇이든지 원하는 것을 들어드릴 테니까요."

"하하하! 제가 듣던 말 중에 가장 기분 좋은 말이네요. 저희 팀원들을 소개해 드리겠습니다."

팅커 햇필드가 나이키에서 나오면서 그를 따라서 세 명이 따라 나왔고 한 명은 그가 새롭게 뽑은 디자이너였다.

향후 닉스의 신발디자인에서 활력이 되어줄 인물들이었다.

4층을 둘러본 후에 3층과 2층까지 각 층에서 근무하는 직원들과 일일이 악수를 하며 인사를 했다.

향후 뉴욕매장과 현지 디자인센터의 역할에 따라서 닉스가 미국에서 얼마나 빠르게 적응해 나가고 성장할지 달려 있었다.

Chapter 11

  개점 당일 닉스 매장 주변으로 수많은 사람들이 몰려들
었다.

  뉴욕매장의 오픈에 맞추어 닉스의 모델인 마이클 조던을
비롯하여 슈퍼모델이 케이티 모스와 패션계의 유명모델들
은 물론이고 뉴욕시장인 데이비드 딩킨스까지 오픈파티에
참석했다.

  유명인사들의 출연에 TV 방송사들도 닉스매장을 취재하
기 위해 몰려들었다.

  이래저래 뉴욕매장은 뜨거운 이슈를 만들어내었다.

"오랜만이야?"

모델동료들과 함께 오픈파티에 참석한 케이티 모스가 밝게 웃으며 말했다.

"참석해 줘서 고맙다. 어떻게 지냈어?"

"이곳저곳을 다니면서 화보촬영을 하거나 패션쇼에 섰지. 넌?"

"나도 이곳저곳을 다니면서 돈을 벌 수 있는 것들을 찾아 다녔어."

"재미있어?"

"어떨 때는. 매일 그렇지는 않지만. 더 예뻐진 것 같다."

"이젠 풋내기 티를 벗었잖아? 하여간에 대단해! 개선장 군처럼 뉴욕 한복판에 자신의 브랜드를 들고 입성할 줄은 몰랐어."

"날 너무 가볍게 본 것 아니야? 내가 분명히 다시 돌아온 다고 했잖아. 약속은 지킬 거지?"

난 케이티 모스에게 그녀가 광고하고 있는 케빈 클라인 처럼 당당하게 뉴욕에 닉스를 입점시키겠다고 했다.

만약 그렇게 되면 케이티 모스는 닉스의 모델을 해주기로 했다.

"물론. 누구하고 한 약속인데."

"당장 오늘부터 촬영을 해야 할걸."

"날 너무 부려먹으려는 것 아냐?"

"너무 잘 알고 있어서 갖고 있던 부담감이 없어져 버렸네."

난 케이티 모스와 선을 넘을 뻔했었다. 그 때문인지 그녀를 다시 보게 될 때 어떻게 대해야 할까 하는 마음의 부담이 있었다.

하지만 그건 기우일 뿐이었다.

"뭐냐? 그걸 말이라고 해?"

케이티 모스의 목소리가 올라가자 난 양팔로 날갯짓하며 부담감이 사라졌다는 것을 몸으로 표현했다.

그러자 내 모습을 보던 케이티 모스가 하얀 이를 드러내며 웃기 시작했다.

"깔깔깔! 내가 졌다. 마음대로 하십시오."

"걱정은 하지 마. 살려는 줄게."

"정말 아깝다."

"뭘?"

"내가 조금만 더 빨리 너와 만났으면 너의 곁에 머물 수 있었을 텐데."

케이티 모스는 아쉬운 표정을 지으며 말했다. 나 또한 가인이와 이루어지지 않았다면 케이티 모스를 받아들였을 것이다.

그녀는 유쾌했고 아름다웠으며 사람을 웃게 하는 재주가 뛰어났다.

"지금도 이렇게 만날 수 있잖아. 운명이라고 해야지."

"휴! 운명이 너무 가혹해서 그렇지."

한숨을 크게 내쉬는 케이티 모스가 무척 귀여웠다.

"이리 와봐. 내가 선물을 줄 테니까."

"뭔데?"

"가보면 알아."

난 케이티 모스를 손을 이끌고는 닉스프리가 디스플레이 되어 있는 곳으로 데려갔다.

그곳에는 뉴욕 진출을 위해서 닉스프리에서 야심작으로 만들어낸 여성용 백팩이 진열되어 있었다.

뉴욕의 바쁜 도시 생활에 어울리는 실용성을 추구해 만든 직장 여성을 위한 블랙 나일론 백팩이었다.

프라다에서 처음 개발되어 큰 인기를 끌었던 것을 닉스가 먼저 시도한 것이다.

닉스의 디자이너들과 기술개발진이 심혈을 기울여서 만들어낸 뉴욕 공략의 비밀무기이기도 했다.

크기는 두 종류였고 검은색 말고도 붉은색과 갈색으로도 만들어졌다.

"와! 정말 예쁜데."

패션업계의 새로운 아이콘으로 등장한 케이티 모스의 눈에 들었다는 것은 성공을 예감할 수 있었다.

더구나 백팩 주변으로는 파티에 참석한 여자들이 몰려 있었다.

난 붉은색 백팩을 들어서 케이티 모스에게 건넸다.

"백팩의 이름은 케이티야."

"뭐? 이거 정말 감동인데."

케이티 모스는 백팩을 이리저리 살폈다. 정말 닉스프리의 상표 아래 케이티라는 이름이 새겨져 있었다.

그녀가 백팩 등에 착용하자 주변의 시선이 그녀에게로 쏠렸다.

케이티 모스는 새로운 패션의 유행을 창조하는 슈퍼모델 중의 하나였다.

"잘 어울린다. 색깔별로 줄 테니까 잘하고 다녀."

"역시 내가 친구 하나는 잘 뒀어. 이름도 무척 예쁘고 말이야."

케이티 모스가 이 백팩을 하고 다니면 사람들과 언론에 눈에 띌 것이다.

유행이란 사소한 것에서부터 출발할 수 있었다.

나는 케이티 모스 이외에도 영향력 있는 여성 모델들에게 가방을 하나씩 선물해 주었다.

모두 백팩을 무척이나 마음에 들어 했다.

오픈파티에 초대된 사람들에게도 닉스의 신발들을 하나씩 선물해 주었다.

그리고 마이클 조던에게는 새롭게 개발된 에어조던-II가 전해졌다.

그는 에어조던-I과 II를 번갈아 신으며 경기에 임할 것이다.

다음 날 케이티 모스는 닉스프리의 화보촬영에 들어갔고, 일반 고객들에게 뉴욕매장이 개방되는 날이기도 했다.

언론을 통해서 유명인사들이 대거 참석했던 닉스의 뉴욕매장파티 소식을 접한 사람들과 닉스의 신발을 구매하려 했던 사람들이 이른 시간 때부터 몰려들었다.

상당히 넓은 매장임에도 불구하고 발 디딜 틈이 없을 정도였다.

판매직원들도 몰려드는 사람들을 상대하느라 정신이 없었다.

가장 인기 있는 제품은 마이클 조던의 인기와 영향으로 인해 에어조던 시리즈였다.

새롭게 선보인 에어조던-II는 이탈리아산 고급가죽을 외피로 사용했고 밑창은 에어솔이 적용되어 쿠셔닝을 개선

했다.

또한 신발 전족부와 후족부에 다방향 충격 흡수가 가능하도록 개발된 컨버전스 젤을 적용했고 신발 무게도 9% 정도 줄였다.

오후가 되면서부터 닉스프리의 제품들도 사람들이 몰렸고 닉스프리의 비밀 무기인 백팩 케이티가 서서히 판매가 늘어나고 있었다.

닉스의 뉴욕 입성은 대단히 성공적이었다.

예상했던 이상으로 판매가 이루어졌고, 케이티 모스의 화보촬영이 끝난 그녀의 사진들이 매장에 부착되자 닉스프리의 제품들의 판매가 급속하게 늘어났다.

미국에서 발행되는 패션잡지들에 케이티 모스의 사진이 실리면 앞으로 더 많은 판매가 이루어질 것이다.

케이티 모스도 어딜 가든지 닉스프리의 백팩 케이티를 메고 다녔고, 그녀의 가방에 관심을 가진 사람들이 점차 백팩 케이티에 대한 문의가 빠르게 늘어났다.

미국 패션의 심장부인 뉴욕에서 백팩 케이티의 유행이 서서히 시작되고 있었다.

*   *   *

닉스 뉴욕매장이 단시간 내에 명성을 얻자 닉스를 판매하고 싶다는 바이어들의 접촉이 빠르게 늘어났다.

더구나 뉴욕에 있는 백화점 중에서 록펠라센터 건너편에 위치한 삭스 백화점(Saks Fifth Avenue)과 바니스 뉴욕 백화점(Barney's New York)이 닉스 제품을 판매하고 싶다는 연락을 취해왔다.

바니스 백화점은 최신 유행 상품을 제공하는 곳이었고 삭스 백화점도 최고 품질의 상품만이 입점할 수 있는 곳이었다.

두 군데 모두 8층에 카페테리아가 있어 뉴욕의 멋진 풍경을 즐기며 식사를 할 수 있어 많은 사람들이 즐겨 찾았다.

여러 가지 사항들을 검토한 결과 삭스백화점에 입점하기로 했다.

삭스 백화점이 닉스의 성공을 확신한 듯 바니스백화점보다 유리한 조건을 제시했기 때문이다.

또 하나 고무적인 것은 닉스 뉴욕매장에 설치한 카페에 쇼퍼들과 패션피플들이 몰려들었다는 것이다.

서울과 동일하게 닉스의 제품을 구매한 고객에게는 최상급 아라비카 원두로 로스팅된 커피와 음료를 무료로 제공했다.

이를 위해 적지 않은 돈을 들여서 건물 2층에 최신 로스팅 기계를 설치했다.

덕분에 카페는 멋진 분위기와 맛 좋은 커피를 즐기려는 사람들로 북적거렸다.

커피를 마시다가 카페와 연결된 통로를 통해서 자연스럽게 닉스 제품들을 접하게 되어 구매까지 이어졌다.

문제는 닉스매장의 커피를 즐기려는 사람들이 점점 늘어난다는 것이었다.

커피 맛이 알려지자 점심때가 되면 커피를 마시려는 사람들이 길게 줄을 서는 기현상이 일어났다.

더구나 닉스카페는 스타벅스가 1995년에 개발했던 프라푸치노(Frappuccino)를 먼저 만들어 판매했다.

프라푸치노는 커피와 우유, 크림 등을 얼음과 함께 혼합하여 만든 차가운 커피 음료였다.

이 음료를 맛본 뉴욕의 시민들은 그 맛에 홀딱 반하고 말았다. 닉스에 근무하는 현지직원들도 프라푸치노를 마시기 위해 미리 카페에 연락을 취하기도 했다. 닉스 직원들에게는 카페의 모든 음료가 공짜였다.

"이러다가 커피 장사까지 해야 하는 것 아닌지 모르겠습니다."

건물 창밖 아래로 펼쳐진 진풍경을 보며 김석중 본부장이 말했다.

"하하! 그러게요. 커피도 잘만 하면 돈이 될 수 있죠. 한국 사람도 커피를 꽤 좋아하니까요."

"정말 커피가 돈이 될까요? 커피를 팔아서 얼마나 남는다고. 미국에서는 뭐, 가능할지 몰라도 한국은 힘들 것입니다."

김석중 본부장은 내 말에 의구심을 표시했다.

그도 그럴 것이 아직은 세계적인 커피 브랜드인 스타벅스도 미국과 캐나다의 주요 도시에만 매장을 운영하고 있었다. 1992년 스타벅스가 나스닥에 상장하면서 성공의 발판을 마련했고 미국 내 165개의 매장을 소유한 커피 전문 프렌차이즈로 성장했다.

하지만 미국 전체로 보았을 때는 아직은 성장단계였고 미국 외에 매장이 설치된 나라도 캐나다뿐이었다.

스타벅스 매장의 실내장식들과 분위기도 뉴욕의 닉스카페와 비교하면 떨어지는 부분이 많았다.

만약 닉스카페를 별도로 독립시켜 체인화해도 충분히 경쟁력이 있었다.

"커피를 식사하듯이 마시게 되면 돈이 되지요. 지금은 아니지만, 앞으로 한국에서도 원두커피를 마시는 사람들이 늘어날 것입니다. 카페는 사람들을 만나고, 음악을 듣고, 독서와 공부도 하게 되는 복합적인 문화공간이 될 것입니다."

"하하! 시끄러운 커피숍에서 공부도 하고 독서를 한다고요? 그건 좀 오버인 것 같습니다."

김석중 본부장은 내 말이 전혀 신빙성이 없다는 듯이 말했다.

"물론 지금 당장 그런 모습을 볼 수는 없을 것입니다. 하지만 시간이 지나면 제 말이 맞다는 것을 분명 알게 될 것입니다. 그때 제 말이 맞으면 저에게 술 한잔 사셔야 합니다."

"정말 그렇게 되면 대표님이 원하시는 것은 뭐든지 해드리겠습니다."

"좋습니다. 오늘 약속 분명히 제가 접수했습니다. 꼭 기억하고 계셔야 합니다."

"제가 기억력 하나만은 믿을 만합니다. 만약 말씀하신 대로 되지 않으면 대표님이 제 소원을 들어주셔야 합니다."

"물론이죠. 앞으로 5~6년 후쯤 한국에서 그런 모습을 반드시 볼 수 있을 것입니다."

"알겠습니다. 꼭 기억하고 있겠습니다."

말을 하는 김석중 본부장은 자신 있다는 표정이었다.

나는 그의 대답을 들으며 다시금 닉스카페에 길게 줄을 서 있는 사람들을 쳐다보았다.

한국의 닉스가 패션뿐만 아니라 전 세계 사람들의 입맛까지 사로잡을 수 있게 된다면 어떻게 될까 하는 생각이 머릿속을 떠나지 않았다.

한국으로 돌아가기 전날까지 난 커피 판매장에 대한 가능성을 따져 보았다.

1999년 서대문구에 이대 1호점을 기점으로 한국에 진출한 스타벅스는 2015년에 850개의 매장을 넘어서는 기염을 토했다.

스타벅스 본사가 목표로 한 2017년까지 700개 이상의 매장 설립을 2년이나 앞당긴 것이었다.

도심에 있는 일반 업무용 빌딩은 물론이고 상업용 건물의 모습을 달라지게 만든 것이 스타벅스였다.

커피숍은 대부분 상업적인 건물에 들어섰지 도심지에 위치한 업무용 빌딩에 커피를 판매하는 곳이 생긴다는 것은 생각지도 못했다.

일반적으로 1~2층 업무용 빌딩 내에 들어서는 것은 은행이 전부였고 대부분 빈 로비로나 휴게실로 사용했다.

나는 닉스 본사와 뉴욕판매장에만 있는 닉스카페를 앞으로는 닉스판매장이 새롭게 개점하는 곳마다 함께 들어설 수 있도록 했다.

이 같은 결정은 한국뿐만 아니라 미국판매장에도 적용되는 상황이었다.

닉스카페가 현재의 이익을 떠나서 닉스라는 브랜드 이미지를 세계에 친숙하게 알리는 수단으로 적합하다는 생각에서였다.

스타벅스는 2015년 68개의 나라에 진출해 23,043개의 매장을 갖추었고, 매출 또한 192억 달러(약 22조 원)을 달성했다.

커피라는 품목을 극대화해서 이룩한 스타벅스의 아성은 정말 대단한 것이었다.

이러한 결과물들을 닉스카페가 가져갈 수 있다면 세계에 닉스 브랜드를 알리는 전초기지 역할을 담당할 수 있다.

커피와 관련된 전문 관계자들과의 미팅을 통해서 로스팅 공장을 뉴욕 근교 롱아일랜드의 노스포크에 마련하기로 했으며 이를 위해서 오백만 달러를 투자하기로 결정했다.

이곳에서 로스팅된 커피 원두는 닉스카페에 공급되고 카페 내에서도 판매되게 될 것이다.

이와 함께 맨해튼 다운타운에 위치한 건물에 닉스 2호 판매점을 열기 위해서 협상이 시작되었다.

그곳은 러시아의 소빈뱅크가 입점한 건물이기도 했다.

기본적인 사항들을 정리한 후 난 한국행 비행기에 몸을

실었다.

나머지는 모두 김석중 본부장이 맡아서 처리할 것이다.

닉스카페의 브랜드 로고와 카페에서 판매하기 위한 텀블러를 만들기 위해서 서울의 디자인센터가 바빠졌다.

닉스에서 파생된 닉스프리에 이어서 닉스카페가 닉스의 새로운 무기로 탄생할 것이다.

*　　　*　　　*

김포공항에 도착하자 두 가지 소식이 나를 기다리고 있었다.

하나는 좋은 소식이었고 하나는 그렇지 못했다.

좋은 소식은 구로의 보궐선거에 출마했던 광복회의 신현석과 대전 동구에 출마한 장인모 교수가 모두 당선된 일이었다.

두 군데 모두 접점을 벌였고 표 차이도 몇백 표 밖에 나지 않았다.

선두를 달리던 두 곳의 여당과 야당의 후보 모두 선거날 하루 이틀 사이를 두고서 연이어 선거비리가 터져 나왔다.

그로 인해 지지하는 후보나 정당을 정하지 않은 부동표들이 깨끗한 이미지를 가진 신현식과 장인모에게 몰린 것이 당선의 향방을 갈랐다.

좋지 않은 소식은 김평일이 공식 석상에서 사라졌다는 것이다.

더구나 그의 경호를 맡았던 코사크의 경호요원들이 크게 다쳤다는 소식이었다.

김평일의 신상에 뭔가 이상이 발생한 것이 분명했다.

공항에서 날 기다리고 있던 안기부의 박영철 차장과 함께 송 관장의 집이 아닌 그의 사무실로 향했다.

"북쪽에서 내려오던 정보가 차단되었습니다. 남북한 정상회담을 위한 예비 접촉도 모두 연기되었습니다. 게다가 휴전선에 배치된 북한군 최전방 부대들의 움직임이 갑자기 늘어났는데, 특히나 2군단의 움직임이 가장 활발합니다."

박영철 차장은 심각하게 말을 전했다.

북한의 정예군단은 9개의 군단이며, 전방부대로 서해에서 동해로 배치된 전연군단인 4군단(해주), 2군단(평산군), 5군단(평강군), 1군단(회양군)과 후방지역 방어 임무를 맡는 3군단(강서)·7군단(함흥)·8군단(구성)·9군단(청진)·10(강계) 군단이다.

"정부에서는 어떻게 대처하고 있습니까?"

"다각적으로 북측 움직임을 파악하려고 노력 중이지만 정보가 전혀 들어오지 않고 있습니다."

"신의주 특별행정구와 연결된 뱃길은 끊겼습니까?"

철도가 아직 이어지지 않은 상황에서 공사와 관련된 장비와 자재들을 인천에서 배로 신의주에 실어 날랐다.

"뱃길은 이어지고 있지만, 이전 같지 않게 입항을 상당히 까다롭게 한다고 합니다. 경비 병력도 전보다 더 늘어난 상태이고요."

"김평일의 신상에 뭔가 이상이 있는 것 확실한 것 같습니다. 제가 북으로 올라가야 봐야 할 것 같습니다."

이대로 있을 수 없었다. 김평일이 죽었는지 살았는지를 먼저 확인해야만 했다.

코사크의 경호원들은 실력이 뛰어난 인물들을 특별히 선발해서 김평일에게 보냈다.

그런 경호요원들이 부상을 입었다는 것은 김평일의 신상에도 문제가 심각할 수 있었다.

"현재 북한 군부의 쿠데타설까지 흘러나오고 있습니다. 이대로 가셨다가는 위험할 수도 있습니다."

"위험은 늘 겪어왔습니다. 김평일이 무사하지 않으면 신의주 특별행정구는 성공할 수 없습니다."

"북한은 지금 남쪽 인사에 대한 공식적인 방문을 일절 허가하지 않고 있습니다. 통일부 관계자가 신의주 특별행정구의 업무를 보기 위해 들어가는 것조차 허락하지 않았습니다.

"공식적으로 가지 말아야지요."

"그러면 어떻게 가시려고요.?"

"배를 타고 가겠습니다. 뱃길은 아직 막히지 않았으니까
요. 그리고 저는 언제든지 신의주 특별행정구를 방문할 수
있는 신분입니다."

신의주 특별행정구의 장관 자격으로 방문하는 것이었다.

"지금은 상황이 여의치 않을 수도 있습니다."

"이곳에서 모든 걸 파악할 수는 없습니다. 직접 가서 눈
으로 보고 귀로 들어봐야 구체적인 답을 찾을 수 있을 것입
니다. 더구나 신의주에는 저희 직원들이 상주하고 있습니
다. 그들의 신변 안전도 점검해야만 합니다."

만약 신의주 특별행정구가 이대로 주저앉는다면 더는 북
한과 함께할 수 있는 일이 없었다.

아니, 그 누구도 북한에 손을 내밀지 않을 것이다.

분명 김평일은 신의주 특별행정구에 모든 걸 걸겠다고
했고 그에 상응하는 행동을 보여주었다.

더구나 김일성 주석도 신의주 특별행정구에 큰 관심과
지원을 약속했었다.

"대선을 앞둔 때인 만큼 이번 사태로 인해 정부에서 강경
론자들의 목소리가 다시 나오고 있습니다."

대선의 전초전으로 보았던 두 보궐선거에서 여당도 아니고 야당도 아닌 무소속의 인물들이 당선되자, 각 언론은 이번 대선이 한 치 앞을 내다보기 힘든 안개정국에 들어섰다고 평했다.

남북한의 파격적인 행보에 여당의 인기가 올라간 상황에서 나온 선거결과라 여당이 받은 충격이 컸다.

그러자 갑작스럽게 왕래를 불허하고 있는 북한을 신뢰할 수 없다는 말들이 여당 내에서 흘러나오고 있었다.

더구나 대선에 승리하기 위해서는 이전처럼 남북한의 긴장감을 조성해 국가안보를 내세우는 식으로 나아가야 한다는 말들까지 돌고 있었다.

"단지 지금 당장의 이익 때문에 미래를 보지 못하는 어리석은 사람들은 어디에든 있습니다. 신의주 특별행정구는 남북한 모두에게 있어 백년대계를 준비하기 위한 아주 중용한 포석입니다. 이 기회를 놓치면 앞으로 절대로 남북한은 지금 같은 일을 함께할 수 없을 것입니다."

이건 확실하고 분명한 일이었다.

나라를 다스리는 위정자들이 올바른 선택을 하는 나라와 그러지 못한 나라의 차이는 엄청난 결과를 가져다주었고, 그에 대한 열매는 그 나라의 후손들이 고스란히 받았다.

무지와 가난의 지속이냐 아니면 기회와 균등한 부를 얻

느냐의 길에서 언제나 위대한 지도자와 독재자를 국민이 어떻게 선택하고 받아들였느냐로 갈렸다.

"무슨 말인지 알겠습니다. 그럼 언제 올라가실 예정이십니까?"

"오늘이라도 당장 가야겠지만 저도 준비를 해야겠지요."

"그럼 경호를 위해서라도 저희 요원들을 동반하겠습니다."

"아닙니다. 경호 인원이 많아지면 북한이 오히려 이상한 눈초리로 볼 것입니다. 평상시대로 행동하는 것이 좋습니다. 대신 일당백의 인물들을 대동할 것입니다."

나는 모스크바에 머물고 있는 송 관장과 상하이에 있는 백야의 인물인 박용서까지 대동할 생각이다.

두 사람과 김만철, 그리고 티토브 정까지 함께하면 두려울 것이 없었다.

Chapter 12

　박영철 차장과 심도 있는 대화를 나눈 다음 날 송 관장과
박용서가 한국으로 들어왔다.

　가인이와 예인이는 송 관장이 돌아오자 무척이나 반가워
하며 좋아했다.

　그도 그럴 것이 근 석 달 만에 모습을 본 것이다.

　송 관장의 집에서 모두가 모였다.

　"많이들 먹으라고. 오늘은 모두 끝까지 가는 거야!"

　"물론이죠, 형님. 한데 정말 음식이 맛있습니다."

　김만철은 가인이와 예인이가 만든 요리들이 입에 맞는지

쉬지 않고 음식을 입으로 가져갔다.

"하하하! 우리 딸들이 엄마를 닮아서 요리 하나는 최고야. 태수가 정말 복 받았다니까."

송 관장은 나를 바라보며 말했다.

"저도 그렇게 생각합니다. 따님들이 너무 예쁘고 음식도 이렇게 맛있을 줄 정말 몰랐습니다."

김만철과 티보브 정이 송 관장의 말에 내 눈치를 보며 대답을 하지 않을 때, 박용서가 먹음직스러운 갈비를 입에 가져가며 말했다.

박용서는 예인이가 음식을 가져올 때마다 예인이에게서 눈을 떼지 못하고 있었다.

"이 친구가 뭔가 좀 아네. 자! 한잔 받아."

송 관장은 박용서의 말이 마음에 드는지 인삼주를 따라 주었다.

"예, 감사합니다."

두 손으로 공손히 술잔을 받아 드는 박용서의 모습에 김만철과 티토브 정은 고개를 절레절레 흔들었다.

맛있는 요리와 술을 은근히 먹은 후, 우리는 북한에 대한 이야기를 나누었다.

"언제 들어갈 건가?"

송 관장이 심각한 표정으로 말했다.

북한에서 벌어지고 있는 일들에 대한 이야기를 네 사람에게 모두 알려주었다.

"모레 저녁 인천에서 신의주로 떠나는 배로 올라갈 것입니다."

"심각한 상황인 거 같은데, 우리가 해결할 수 있을까?"

"일단 정확한 상황을 파악해야만 답을 찾을 수 있을 것입니다. 제 생각에는 쉽지 않을 것 같습니다."

난 박영철 차장에게도 할 수 없었던 이야기를 네 사람에게는 할 수 있었다.

만약 김평일이 심각한 상황이라면 북한을 통과하는 송유관 사업은 물론 신의주 특별행정구 역시 물거품이 될 수 있었다.

"음, 네가 어렵다고 말하는 것을 보니 준비를 철저히 해야겠구나."

"예, 어떤 돌발적인 상황이 발생할 수 있어도 대비할 수 있어야 합니다. 상황에 따라서는 무기도 필요할 수 있습니다."

"무기는 걱정하지 마십시오. 제가 알아서 준비하겠습니다."

김만철이 자신 있게 말했다. 그는 북한 내에서도 무기를 구할 루트를 잘 알고 있었다.

"김평일을 누가 습격한 건가?"

송 관장이 궁금한 표정으로 물었다.

"아직 밝혀진 것은 전혀 없습니다. 안기부에서 촉각을 세우며 정보를 수집하고 있지만, 정보 습득에 어려움이 있는 것 같습니다. 제가 볼 때는 김정일의 지지 세력이 벌인 일로 보입니다."

"김정일이 직접 지시한 것은 아닐까요?"

내 이야기를 듣고 있던 티보브 정이 물었다.

"큰 고비를 넘기고 몸을 회복하기 위해서 모처에서 요양 중이라고 들었습니다. 이 사건에 개입하기에는 아직 몸이 회복되지 않아서 힘들지 않았을까 하는 생각입니다. 김평일의 세력에 자리를 잃고 반발하는 김정일의 충성파가 즉흥적으로 벌인 일일 수도 있습니다."

현재 북한에서 벌어지는 권력싸움에서 김평일의 사람들이 두각을 나타내면서 권력의 전면에 나서고 있었다.

그 모든 게 김평일의 뒤에 김일성이 있었기에 가능했다.

"어디나 권력 싸움이 문제지. 하늘에는 두 개의 태양이 있을 수 없으니까."

송 관장의 말처럼 북한의 권력은 김평일과 김정일이 나누어 가질 수 없었다.

김정일이 뜻밖의 사고를 당한 사이 김평일이 북한 권력의 전면에 나서면서 북한 권력층에 지각 변동이 일어나고 있었다.

더구나 김평일의 동생인 김영일까지 북한에 돌아온 상태였다.

"어째 남북한이 하나가 되어 좋게 잘나간다 했는데 이런 일이 벌어지다니……. 김평일이 정권을 잡아야 그나마 북한 인민들이 살 만합니다. 이번에 김평일의 지시로 상당한 양의 군량미를 인민들에게 배급했다고 들었습니다."

김평일은 경제를 중시했고 북한경제가 지금보다 나아지려면 북한 주민들의 자발적인 협조와 사기가 중요하다고 여겼다.

그러기 위해서는 가장 기본적인 식량 배급이 중요했고, 군부의 반대를 무릅쓰는 강수를 쓰면서 비축된 군량미를 북한 주민에게 공급했다.

이러한 김평일의 행동에 북한 주민들은 그에 상당한 호감과 지지를 보내고 있었다.

"아마 그러한 일들로 인해 군부에서 불만을 가지고 움직였을 수도 있습니다."

"그랬겠지. 전쟁 준비에 필수적인 군량미를 풀었으니. 한데 이 친구의 실력은 쓸 만한가?"

송 관장은 박용서를 보며 말했다.

"예, 실력이 뛰어납니다. 김만철 차장님을 충분히 상대할 정도입니다."

내 말에 송 관장은 김만철을 바라보며 물었다.

"그래? 정말이야?"

"아이, 아직 저한테는 안 되죠!"

김만철은 손사래를 치며 자신 있게 말했지만, 박용서는 백야의 인물이었다.

백야의 인물들은 보통 사람이 생각할 수 없는 능력을 보유하고 있었다.

"상하이에서 못 한 대련을 여기서 한번 하시죠."

박용서는 김만철의 말에 반박하듯 말했다.

"좋아! 앞으로 나와."

"후회하지 마십시오."

박용서는 호기 있게 말하며 김만철의 따라 잔디가 깔린 앞쪽 공간으로 걸어 나갔다.

우리 세 사람은 두 사람의 대련을 무척 기대하며 바라보았다.

두 사람이 마주 서자 장난기가 완전히 사라져 버렸다.

실전 격술의 대가이자 경험이 풍부한 김만철과 호텔에서 고양이와 같은 날렵한 몸놀림을 보여준 박용서는 아직 자신 본모습을 보여주지 않았다.

먼저 움직인 것은 김만철이었다.

권투선수처럼 위에서 아래로 크게 주먹을 휘두르며 박용서에게 접근했다.

단순한 공격이었지만 빠르기가 장난이 아니었다.

박용서는 앞으로 몸을 기울인 상태에서 몸을 기이하게 비틀어 김만철의 주먹을 흘렸다.

마치 뼈가 없는 문어나 낙지와 같은 연체동물이나 가능한 움직임을 보여주었다.

선공이 실패한 김만철은 거기에 그치지 않고 격술 특유의 속사포처럼 연속적인 공격을 박용서에게 빠르게 퍼붓기 시작했다.

김만철은 손과 발과 머리뿐만 아니라 팔꿈치와 어깨 등 온몸이 무기로 돌변했고 점점 움직임이 더 빨라졌다.

그의 동작들은 화려함이 전혀 포함되지 않은 실전적인 움직임이었고, 단 한 번의 가격으로도 상대편을 쓰러뜨릴 수 있을 만큼의 위력이 지닌 공격이었다.

그런데 폭풍처럼 몰아치는 공격들이 모두 박용서에게 차단되고 있었다.

김만철의 공격은 전혀 예측할 수 없는 공격인데도 박용서는 마치 미리 그 공격이 어느 방향에서 자신에게 향할지 알고 있듯이 막아냈다.

더구나 시간이 지날수록 공방이 빨라져 박용서의 팔이 내 눈에는 점점 늘어나는 것처럼 보였다.

마치 천 개의 팔을 지녔다는 천수관음보살처럼 말이다.

이러한 박용서의 움직임에 김만철의 표정도 달라지고 있었다.

그때 옆에 있던 티토브 정이 신음성을 내며 입을 열었다.

"음, 관자재방(觀自在方)이라……."

"무슨 말입니까?"

"이대로는 김 차장님이 저 방어를 뚫을 수 없습니다. 이 세상의 모든 것을 자재롭게 관조(觀照)하여 보살핀다는 관자재에서 나온 수법입니다. 관자재방을 펼치면 자신이 서 있는 곳의 모든 방위에서 날아드는 공격을 막아낼 수 있다고 들었습니다. 이는 공격을 펼치는 인물이 스스로 지치게 하는 수법이기도 합니다."

티토브 정의 설명처럼 김만철의 이마에는 땀방울이 맺히기 시작했다.

'뭐 이런 게 다 있어…….'

위아래는 물론이고 예측할 수 없는 기습적인 박치기와 그 자리에 뛰어올라 이중으로 연속해서 날린 가위차기까지 모든 공격이 소용없었다.

김만철은 호흡을 정리하기 위해 뒤로 잠시 물러났다.

이마에서부터 흘러내리는 굵은 땀방울들이 얼굴을 타고서 턱 아래로 떨어져 내렸다.

하지만 놀랍게도 박용서의 얼굴에는 땀 한 방울 나지 않았다.

"좋아, 이번에는 다를 기야."

숨을 고른 김만철이 다시 움직였다.

몸을 공중에 내던지다시피 회전하면서 내지른 발차기에는 무게감이 남달랐다.

퍽!

주르륵!

발차기를 막아선 박용서의 몸이 뒤로 밀려날 정도의 위력이었다.

김만철의 공격은 거기서 멈추지 않았다.

막아선 반발력을 이용하여 다시금 허공에서 몸을 회전하면서 박용서의 머리를 향해 발차기로 내리찍었다.

순식간의 변화였고 그의 온몸을 실은 공격이었다.

그때 놀라운 일이 벌어졌다.

박용서의 몸이 옆으로 순식간에 기울어지는 순간 손으로 땅을 박차며 발이 하늘로 치솟았다.

중력을 무시하듯이 거꾸로 된 몸이 김만철을 향해 공중

으로 로켓처럼 솟구친 것이다.

곽! 파파곽!

허공에서 두 사람의 발이 한 번도 아닌 서너 번을 뒤엉켰다가 떨어졌다.

무협영화에서 보던 장면이 눈앞에서 고스란히 펼쳐지고 있었다.

대결의 치켜보는 우리가 모두 두 사람의 실력에 감탄할 수밖에 없었다.

"이제 그만! 더 했다가는 둘 중 하나는 병원 신세를 져야 할 기세야."

송 관장이 두 사람의 대련을 말리고 나섰다.

그도 그럴 것이 땀방울 하나 흘리지 않았던 박용서의 이마에도 땀방울이 맺혀 있었던 것이다.

이번 김만철의 공격에는 자신을 막아서는 것들을 산산이 부서 버리겠다는 매서움과 무게감이 실려 있었다.

박용서가 공격으로 전환한 것도 이 때문이었다.

"야! 정말 대단합니다."

감탄사가 절로 나올 수밖에 없었다.

"이거 용서의 말처럼 장난이 아니네."

김만철이 고개를 절레절레 흔들며 말했다.

"형님이야말로 너무 날렵하셔서 제가 반격할 수가 없었

습니다."

박용서도 엄지를 치켜들며 김만철의 실력을 인정했다. 그의 말처럼 김만철의 빠름과 실전경험에서 나오는 순간적인 동작은 놀라울 정도였다.

이러한 모습을 가인이와 예인도 2층 내 방에서 바라보고 있었다.

"어때?"

가인이가 예인이를 보며 물었다.

"두 사람 다 강하네. 대결해 보면 재미있을 것 같아."

"이길 수는 있겠어?"

"뭐, 쉽지는 않겠지만, 어느 정도는."

예인이는 얼굴에 미소를 띠며 말했다.

"음, 벌써 약점을 파악한 것 같은데?"

"붙어봐야 더 확실히 알겠지. 하지만 지지는 않을 것 같아."

"역시! 우리 예인이를 이길 사람이 세상에 있을까?"

"왜 그래? 세상에는 숨어 있는 강자가 얼마나 많은데."

"강자가 많아도 한번 본 걸 그대로 펼쳐낼 수 있는 사람은 너밖에 없을걸."

가인이의 입에서 놀라운 말이 튀어나왔다.

"다른 사람한테는 절대 그런 말을 하면 안 돼. 날 괴물로 취급할지 몰라. 아빠한테도, 그리고 태수 오빠한테는 더더욱."

"알았습니다. 하여간 너도 빨리 좋은 사람을 만났으면 좋겠다. 난 설거지나 마저 하러 가련다."

가인이는 기지개를 켜면서 1층으로 내려갔다.

"후! 달이 참 밝다. 태수 오빠가 우리처럼 쌍둥이였으면 얼마나 좋을까?"

푸념하듯 말하는 예인이의 시선은 태수에게 향해 있었다.

*   *   *

철저한 준비를 한 우리 네 사람은 인천에서 배를 타고 신의주를 향했다.

신의주로 향하는 배에는 건설 장비들과 자재들이 실려 있었다. 신의주로 향하는 배는 하루에 2번 정기적으로 운항했다.

12시간 만에 우리는 신의주항에 도착할 수 있었다.

박영철 차장의 말처럼 신의주항에는 이전보다도 군인들이 많아졌다.

신의주항에서 내려서자마자 대위 계급을 단 인물이 신분

증을 일일이 검사했다.

내 신분증을 보던 대위가 절도 있게 경계를 붙였다.

"장관님을 뵙습니다."

"수고가 많습니다. 경비 인원이 이전보다 많아진 것 같습니다?"

"예, 불온 세력들이 신의주항을 노린다는 정보가 입수되어서 그렇습니다."

대위의 말은 박영철 차장에게서도 듣지 못한 말이었다.

"특별행정구를 둘러봐야겠습니다."

"저희가 모시도록 하겠습니다. 상부에서 장관님의 안전을 특별히 신경을 쓰라는 지시가 내려왔습니다."

대위의 말에 뭔가 알 수 없는 일이 북한 내에서 벌어지고 있다는 것을 느낄 수 있었다.

Chapter 13

　신의주항에서 특별행정구까지 신의주항에서 만난 이민호 대좌가 직접 호위를 했다.

　북한에서 전용 차량으로 내준 벤츠의 앞뒤로 무장병력을 태운 군용지프가 두 대씩 붙었다.

　특별행정구로 가는 길에는 건설자재를 실은 차량들이 먼지를 날리며 달리는 모습을 자주 볼 수 있었다.

　특별행정구의 공사현장은 신의주항에서 차로 20분 정도 되는 거리에 자리 잡고 있었다.

　공사현장으로 들어가는 입구에는 검문소가 설치되어 들

어오는 차량을 검문했다.

두 번째 지프에 올라탄 이민호 대좌가 신분증을 보이자 검문소의 바리케이드가 올라갔다.

검문소 옆으로는 중기관포를 장착한 장갑차량까지 보였다.

이전과 달라진 모습이었다.

우리 일행이 탄 차량은 임시 건물 형태로 만들어진 신의주 행정부에 멈춰 섰다.

오늘은 신의주시에 마련된 숙소가 아닌 이곳에서 잠을 청할 생각이다.

"수고가 많았습니다. 시간이 되면 잠깐 들어가서 이야기 좀 나눌 수 있을까요?"

이십 대 후반으로 보이는 이민호 대위는 강단이 있어 보이는 인물이었다.

"예, 물론입니다."

사무실에는 여덟 명이 직원이 제각기 업무를 보고 있었다. 여덟 명 중 여섯 명은 닉스와 도시락에서 근무하다 발령된 직원들이었고 외부와 연락 업무를 받은 두 명은 북한 현지에서 채용했다.

내가 사무실에 들어서자 현장 책임을 지고 있는 이태원 차장이 나를 반겼다.

업무 파악 능력이 뛰어나고 부하 직원들을 자식처럼 아끼는 인물이어서 나중에 행정조직이 완전히 갖춰지면 그를 국장급으로 승진시킬 생각이다.

"오셨습니까?"

이태원 차장에게 출발하기 전 연락을 미리 취했었다.

"지낼 만하십니까?"

"예, 처음에는 조금 낯설었지만, 외국도 아니라서 금방 익숙해졌습니다."

"청사가 지어지기 전까지는 고생 좀 하셔야 할 것입니다."

"각오하고 올라왔으니까요."

이태원 차장은 도시락의 기획실에서 근무했었다.

"필요한 것이 있으시면 언제든지 말씀하십시오. 뭐든지 구해다 드리겠습니다."

"예, 필요하면 말씀드리겠습니다."

"저희 이야기 좀 하게 커피와 간단한 다과 좀 내어주십시오."

"예, 알겠습니다."

나와 이민호 대위는 회의실로 들어갔다.

이민호 대위는 특이하게도 평안북도 영주에 배치된 8군

단 소속이 아니었다. 그는 평양방위사령부에 속한 인물이었다.

평양방위사령부 소속의 차량보병여단에 속한 2개 대대 병력이 신의주 특별행정구와 신의주항을 경비하기 위해서 특별히 차출된 것이다.

"자, 드세요. 남한에서 인기 있는 제품입니다."

여직원이 커피와 함께 초코파이를 비롯한 과자를 내왔다.

현지에서 일하는 직원들을 위해 간식거리로 라면은 물론이고 음료수와 과자들도 공급해 주었다.

"아, 예. 그럼 먹어보겠습니다."

이민호 대위는 과자 하나를 들어 입으로 가져갔다. 그의 순간 눈이 커지는 것을 보았다.

"어떻습니까?"

"정말 맛이 있습니다. 이런 맛은 처음입니다. 북한에도 과자가 있지만 이런 맛은 없습니다."

"돌아갈 때 충분히 드릴 테니까 부하들하고 함께 드십시오."

"감사합니다."

이민호는 내가 북한에서 누구와 관계를 맺고 있는지 알고 있다는 듯이 날 상관을 대하듯 깍듯하게 대했다.

"한 가지 묻고 싶은 것이 있는데, 경비 병력이 이렇게나 늘어난 이유가 무엇입니까?"

내 물음에 이민호는 순순히 말을 해주었다.

"서평양역에서 출발해 신의주청년역으로 향하던 화물열차가 곽산역 근처에서 전복되는 사고가 있었습니다. 일반적인 사고가 아니라 불순반동분자들이 일으킨 사고였습니다. 화물열차에는……."

관산역은 평안북도 곽산군에 위치한 역이었다. 신의주역을 북한에서는 신의주청년역으로 불렀다.

신의주 특별행정구로 보내지는 물자들을 실린 화물열차를 노리고 벌인 사건이었다.

이 사고로 3명의 사망자와 함께 십여 명의 부상자가 발생했다.

"신의주 특별행정구를 반대하는 반동분자들의 불순한 획책을 막기 위해서 저희가 특별히 파견된 것입니다."

이민호는 김평일에 관련된 이야기를 모르는지 그와 관련된 말은 하지 않았다.

"혹시 김평일 부장동지가 제가 없을 때 이곳을 방문하지는 않았습니까?"

김평일은 시간이 날 때마다 수시로 신의주를 찾았었다.

"방문하신다는 이야기는 있었지만 오시지는 않으셨습

니다."

"음, 그렇군요. 2개 대대가 파견되었다고 했는데 부대는 어디에 배치된 것입니까?"

"신의주항과 신의주청년역에 1대대가, 그리고 특별행정구에 나머지 대대가 배치되었습니다."

"부대 책임자는 누구입니까?"

"김상열 대좌입니다. 제가 출발하기 전에 본부에 연락을 넣었습니다. 아마 이쪽으로 오고 계실 것입니다."

"알겠습니다. 나머지는 김상열 대좌와 만나서 이야기를 나누겠습니다."

"그럼 저는 이만 가보겠습니다."

이민호 대위는 절도 있게 경례를 하고서는 회의실을 나갔다.

난 회의실 탁자에 있는 전화를 들어서 초코파이와 과자를 챙겨주라고 말했다.

이민호 대위가 나간 후 정확히 7분 후에 경비 책임자로 파견된 김상열 대좌가 도착했다.

대좌는 우리나라로 치면 영관급 계급인 대령이었다. 북한군은 우리와 다르게 소좌, 중좌, 상좌, 대좌로 이어진다.

"김상열 대좌입니다. 처음 뵙겠습니다."

김상열 대좌는 30대 중반으로 나이에 비해 진급이 상당히 빠른 편이었다.

"강태수입니다."

"말씀 많이 들었습니다. 북조선에 큰 도움을 주고 계신 것에 감사드립니다."

"북한뿐만 아니라 남북한이 모두 서로가 이익이 되기 때문에 하는 일입니다. 한데 특별행정구와 연관된 기차 사고가 있었다고 하던데, 이 일에 반대하는 사람들이 많은 것입니까?"

나는 이민호 대위에게 들은 이야기를 물었다.

"그건 제가 말씀드릴 일이 아닌 것 같습니다. 저는 이곳이 안전하게 공사가 진행될 수 있도록 하는 것뿐입니다."

이민호 대위와 달리 김상열 대좌는 말을 아꼈다.

"제가 알고 있기로는 이곳의 안전을 위협하는 세력이 있다고 들었습니다. 어떻게 된 것입니까?"

난 다시 구체적인 상황을 물었다.

"그런 이야기는 저는 모르겠습니다. 설사 그런 세력이 있다고 해도 제가 책임지고 이곳의 안전을 지킬 것입니다. 장관님의 안전도 저의 소관이기 때문에 이곳에 계시는 동안에는 호위 무관들을 붙여드릴 것입니다."

"경호원들을 대동하고 왔습니다. 굳이 호위 무관은 필요치 않습니다."

"공사장 내부는 안전합니다만 외부로 이동하실 때에는 호위 무관을 대동하셔야 합니다."

"이전까지는 이런 경호 절차가 없었는데, 왜 이렇게 되었는지 말씀해 주시는 게 필요할 것 같습니다. 그렇지 않으면 굳이 김상열 대좌님의 협조는 받지 않겠습니다."

김상열 대좌는 특별한 지시를 받고 이곳에 파견된 느낌이었다.

그가 나와 대립각을 세우면 좋을 것이 없었다.

잠시 고민하던 김상열 대좌는 어렵게 입을 열었다.

"음, 정 그러시다면 외부에는 절대로 발설하지 않으신다는 약조를 해주십시오. 회사관계자뿐만 아니라 남측 정부 관계자에도 말입니다. 제가 말씀드릴 이야기가 외부로 발설되면 제가 위험해질 수 있습니다."

그는 자신의 이야기가 외부로 발설되지 않기를 원했다.

"알겠습니다. 김상열 대좌님께 들은 이야기는 저만 알고 있겠습니다."

"그럼 장관님을 믿고 말씀을 드리겠습니다. 10일 전 이곳으로 향하시던 김평일 부장동지께서 반동분자들에게 습격을 당하셨습니다."

김상열 대좌의 입에서 예상했던 이야기가 흘러나왔다.

"김평일 부장동지는 무사하십니까?"

"그건 저도 확실히 알지 못합니다. 이번 일을 책동했던 반동분자들을 조사하는 과정에서 김평일 부장동지뿐만 아니라 강태수 장관님도 그들의 목표가 되었다는 것을 알게 되었습니다."

김상열의 입에서 뜻밖의 말이 흘러나왔다.

"내가 표적이 되었다고요?"

"예, 지금 상부에서의 판단은 신의주 특별행정구의 사업을 중단시키려는 의도로 보고 있습니다. 이 사업에서 가장 중요한 두 분이 사라진다면 진행되는 모든 일이 중단될 수 있기 때문입니다."

김상열 대좌의 말은 틀린 이야기가 아니었다.

나와 김평일이 사라지면 신의주 특별행정구는 무주공산(無主空山)이 될 것이 분명했기 때문이다. 이건 정말 심각한 일이었다.

"음, 누가 그런 일을 벌이는 것입니까?"

"조사가 진행 중입니다. 이들의 움직임이 철저하게 점조직으로 움직이고 있어서 실체를 파악하기에는 조금 시간이 걸릴 것 같습니다."

"북한에서도 이런 일이 벌어질 줄은 몰랐습니다."

철저하게 감시와 통제를 받는 북한 사회에서 이러한 큰 사건을 일으킬 만한 조직이 있다는 것이 믿기지 않았다.

"하하! 이곳도 사람이 사는 곳입니다."

"이곳의 경비는 안전한 것입니까?"

"공사장으로 들어오는 길목마다 검문소와 초소가 설치되어 있습니다. 중요 지점마다 망루를 설치해서 감시와 함께 매시간 특별행정구 외곽을 순찰하고 있어서 이곳은 안전하다고 볼 수 있습니다. 특별행정구 내부에는 협약대로 병력이 주둔하고 있지 않습니다."

특별행정구 지역이 넓은 평지였기 때문에 높은 망루를 설치하면 주변 지역이 한눈에 들어왔다.

"알겠습니다. 저 또한 신경을 쓰겠습니다."

"장관님께서 외부로 이동할 시에는 호위 무관 20명의 경호를 받을 것입니다. 외부로 이동할 때에는 꼭 저희에게 말씀해 주십시오."

김상열 대좌가 이야기한 호위 무관들은 모두 능숙한 사격 솜씨를 가진 격술 유단자들이었다.

북한 당국은 나의 신변보호에 특별히 신경을 쓰는 모습이었다.

"예, 그렇게 하겠습니다. 행정구 내부의 경호는 저희 쪽 경호회사에서 맡아서 처리하겠습니다."

특별행정구의 내의 경비와 치안을 담당하기 위해서 새롭게 영입된 코사크 대원들이 훈련을 받고 있었다.

김상열 대좌가 돌아간 뒤, 나는 모스크바에 연락을 취해 훈련을 마친 경비대원들을 일정보다 먼저 보내라는 지시를 했다.

*　　*　　*

공사 진척은 빨랐다. 특별행정구 내의 대지 정리와 공사에 필요한 전기시설들은 이미 완성되어 가고 있었다.

바둑판처럼 넓은 대지 위에 앞으로 수많은 건물들과 공장들이 들어설 것이다.

이미 구역 정리된 지역에는 공사가 진행되는 곳도 있었다. 국내의 건설사 중에서 닉스E&C와 대우건설, 그리고 쌍용건설이 자신들과 계약된 공장과 부대시설 공사를 진행하고 있었다.

국내 도급순위 1위를 달리고 있는 현대건설도 다음 달에 들어와 자동차부품 공장을 지을 예정이다.

남북한의 정치적인 이해관계와 상관없이 기업들은 자신들의 이익을 위해서 발 빠르게 움직이고 있었다.

북한의 신의주 특별행정구에 대한 지원은 한결같았고 건설현장에 동원된 건설인력 역시 더 늘어난 상태였다.

신의주항과 특별행정구역을 연결하는 도로도 2차선에서

4차선으로 확장하는 공사가 이달 말이면 끝날 예정이다.

나는 건설되는 공사현장들을 둘러보면서 필요한 상황들을 점검하고 각 건설사의 공사관계자들과도 회의를 가졌다.

다들 북한의 적극적인 지원과 북한건설 노무자들의 성실성과 실력에 만족하는 분위기였다.

더구나 이들에게 지급되는 인건비는 한 달에 3만 원 정도로 정말 저렴했다.

공사 중에서 발생할 수 있는 사고만 줄인다면 신의주 특별행정구에서의 문제는 크게 없었다.

외부에서 바라보는 것과 실제 현장의 모습 사이에는 큰 괴리감이 있었다.

북한 당국은 조만간 위험요인을 제거하고 남측 정부인사의 방문을 허용할 것이라는 이야기를 전했다.

하지만 김평일과 관계된 정보는 들을 수가 없었다.

경호 중에 부상한 코사크의 대원들은 평양친선병원에서 치료를 받고 있었다.

평양친선병원은 평양직할시 대동강구역에 있는 병원으로 현대적인 치료설비를 갖춘 종합적인 병원이다. 북한주재 외교관들을 비롯한 외국인들과 해외교포들에 대한 건강관리와 치료사업을 주로 해오고 있다.

"휴! 얼추 정리는 된 것 같네."

신의주 특별행정구를 방문한 이틀 동안 정신없이 보냈다.

신의주시에 마련되어 있는 숙소에 가지 않고 직원들이 쓰는 컨테이너 숙소에 머물고 있었다.

그나마 컨테이너 2개를 확장해서 만든 숙소라 간단하게 씻는 공간도 마련되어 있었다.

하지만 화장실은 공용화장실을 이용해야만 했다.

숙소에 걸린 시계가 9시 42분을 가리키고 있었다.

"오늘은 일찍 좀 자야지."

화장실을 가기 위해 숙소를 나섰다.

김만철과 티토브 정 그리고 박용서는 양쪽 컨테이너 숙소를 이용했다.

잠잘 때 코를 심하게 고는 김만철은 그 덕분에 혼자서 컨테이너를 차지했다.

화장실에서 볼일을 보고 나올 때 낯선 사내 하나가 숙소로 가는 길을 막아서고 있었다.

"네가 강태수냐?"

그의 입에서 흘러나온 나지막하고 묵직한 음성이 섬뜩하게 들려왔다.

낯선 사내의 입에서 나오는 말투는 결코 친절한 말투가

아니었다.

사내는 신의주 특별행정구에서 일하는 북한 건설노동자의 복장을 하고 있었다.

아마도 건설노동자로 위장하고 특별행정구 내로 들어온 것 같았다.

"누군데 내 이름을 알고 있지?"

"널 데려갈 저승사자."

내 이름을 확인한 사내는 한 걸음 더 내 앞으로 걸어왔다. 그러자 그늘에서 벗어나며 사내의 모습이 드러났다.

사내의 왼쪽 얼굴의 절반은 어떤 사고를 당했는지 보기 흉하게 뭉개져 있었다.

"이곳이 어떤 곳인지 모르고 들어왔나 본데… 저승사자 노릇도 오늘로써 끝이 나겠군."

"으하하하! 어떻게 알았지? 널 죽이면 저승사자 노릇도 오늘로써 끝이다."

사내는 주변을 아랑곳하지 않고 큰소리로 웃음을 토해냈다.

삼십 대 후반에서 사십 대 초반으로 보이는 그의 손에나 몸에는 총이나 칼 같은 무기가 보이지 않았다.

"자신감이 넘치는군. 그렇게 쉽지는 않을걸."

무엇을 믿고서 혼자서 이곳까지 들어왔는지 모를 일이었

다. 신의주 특별행정구 주변으로는 오백 명이 넘는 북한군 병력이 경비를 서고 있었다.

경비소와 연락을 취하면 2~3분 만에 중무장한 병력이 이곳으로 출동할 것이다.

"어디 재미 좀 봐볼까."

사내는 말을 끝내자마자 나를 향해 움직였다. 한데 일반적인 움직임이 아니었다. 사내의 오른발이 바닥을 차는 순간 이미 그의 몸은 바로 내 코앞에 와있었다.

5~6m의 거리를 단숨에 좁혀 온 것이다.

'이럴 수가!'

놀랄 사이도 없었다.

그가 내지른 이미 주먹이 내 면상을 향했기 때문이다.

퍽!

공을 받듯이 두 손을 들어 얼떨결에 간신히 주먹을 막아냈다.

주르륵!

하지만 난 사내가 내지른 주먹의 힘에 밀려서 내 의지와 상관없이 뒤로 2~3m를 미끄러져 갔다.

양손이 충격으로 인해서 내 의지와 상관없이 심하게 떨렸다. 주먹을 받아낸 손바닥에서 불에 달군 쇠꼬챙이로 지진 것처럼 고통이 전해져 왔다.

'흑! 어떻게 한 거야? 너무 빠르잖아⋯⋯.'

목구멍으로 넘어오는 신음성을 간신히 참아냈다.

그대로 주먹이 적중되었다면 이 세상 사람이 아닐 거라는 생각이 들었다.

"오! 의외군. 내 공격을 막아내다니. 이거 아주 재미있어지는데."

사내는 신기하다는 듯이 날 쳐다보았다.

조금 전과 달리 날 바라보는 그의 눈이 섬뜩하게 느껴졌다.

그때 화장실을 가기 위해서인지 근로자 한 명이 컨테이너숙소에서 나와 우리 쪽으로 걸어왔다. 그는 지금 상황을 모르는 듯 태연한 안색이었다.

그런 근로자를 힐긋 본 사내는 발아래 있는 돌을 가볍게 찼다.

그러자 돌은 정확히 우리 쪽으로 걸어오던 근로자의 머리에 맞았고 그는 비명도 지르지 못한 채 그대로 쓰러졌다.

탁!

털썩!

무시무시한 한 수였다. 눈앞에 있는 사내는 일반적인 인물이 아니었다.

'설마! 흑천의 인물이 이곳까지⋯⋯.'

순간 머릿속에 떠오른 생각이었지만 상식적으로는 말이 안 되었다.

"당신도 흑천의 인물인가?"

"흑천이라… 오랜만에 들어보는 이름이군. 약해빠진 떨거지들이 만든 조직의 이름이 네 입에서 나오는 것 보니, 넌 백야의 인물이더냐?"

순간 사내에게서 뿜어져 나오는 기운이 달라졌다.

마치 사내의 몸 주변으로 뻗어나가는 기운들이 넘실대면서 춤을 추는 것처럼 보였다. 그 누구에서 느껴본 적이 없는 기운이었다.

'어디서 이런 괴물이 나온 걸까? 내가 어찌할 수 없는 상대다.'

"난 백야의 인물이 아니다!"

일부러 컨테이너 숙소에 머무는 사람들에게 들리라고 큰 소리로 외쳤다.

"크크크! 도움을 청하는 거라면 더 큰 소리를 질러도 된다. 하나를 죽이나 열을 죽이나 나에겐 다 똑같은 일이니까."

사내는 내 의도를 알아챈 듯 말했다.

"세상 살다 별 웃기는 소리를 다 듣는군."

때마침 저녁 운동을 마치고 돌아온 송 관장의 목소리가

뒤편에서 들려왔다.

그 목소리에 마음이 안심되었다.

"휴! 빨리 좀 오시죠."

난 절로 안도의 한숨이 나왔다.

"이제라도 왔잖아. 내가 상대하지."

송 관장은 내 어깨를 토닥이며 말했다.

"그나마 네가 좀 괜찮아 보이는구나."

사내는 송 관장의 등장에도 별반 당황스러운 기색이 없었다.

"괜찮은 정도가 아니라고, 이 친구야."

송 관장이 말을 마치자마자 몸을 날렸다. 날렵하기 이를 데 없는 움직임이었다.

씽!

공기를 가르는 파공음이 들릴 정도로 매서운 발차기가 사내의 얼굴을 향했다.

하지만 웃는 것인지 사내는 입꼬리가 살짝 올라간 상태로 고개를 슬쩍 뒤로 비끼며 송 관장의 공격을 가볍게 피해 냈다.

그러자 송 관장의 표정이 바뀌는 것이 보였다.

"음, 보기보다 더 낫군."

사내는 마치 송 관장을 평가하듯이 말했다.

송 관장은 다시 솟구치듯 떠올라 연속해서 세 번의 발차기를 펼쳤다.

그의 발차기는 웬만한 두께의 소나무도 꺾는 강력한 발차기였다.

픽! 퍼픽!

하지만 낯선 사내는 별다른 움직임 없이 손 관장의 발차기를 한 손으로 막아냈다.

"크크! 이제야 뭔가를 깨달은 놈이군. 하지만 아직 벽을 넘지는 못했어."

사내의 말에 송 관장의 짙은 눈썹이 꿈틀거렸다. 지금까지 자신이 상대해 왔던 인물과는 다른 유형의 인물이었다.

'대단한 놈이다.'

"참으로 세상은 넓군. 이런 고수를 이곳에서 다 보다니……."

송 관장은 인정할 수밖에 없었다.

"고수도 여러 유형이 있지. 네가 겪어보지 못한 것뿐이지."

말이 끝나자마자 사내가 손을 회전하며 손 관장에게 뻗었다. 멀리서 볼 때는 느린 움직임처럼 보였지만 송 관장의 눈에는 무시무시한 빠름과 힘이 동반된 공격이었다.

송 관장도 피하지 않고 두 주먹을 뻗었다.

팡!

무언가 터지는 듯한 강력한 소리가 들렸다.

"오! 기운의 흐름을 흘릴 줄 아는 놈이었나?"

사내는 미동도 하지 않았는데 송 관장은 뒤로 서너 걸음 밀려난 후에야 멈추었다.

싸우는 소리가 컸던지 김만철과 티토브 정, 그리고 박용서까지 밖으로 나왔다.

"지금 형님이 밀린 것이었어?"

두 사람이 서 있는 형태를 보고서 김만철은 믿지 못하겠다는 듯이 말했다.

"조심해야 합니다. 믿을 수 없이 강한 인물입니다."

티토브 정은 뭔가를 느꼈는지 표정이 심각해졌다.

"그 정도야?"

티토브 정이 긴장하는 모습을 별로 보지 못했던 김만철이 확인하듯 다시 물었다.

"예, 이런 인물은 본 적이 없습니다. 송 형님도 저와 비교해서 실력이 절대 떨어지시는 분이 아닙니다. 그런 형님을 테스트하듯이 싸움을 하고 있습니다."

티토브 정의 말에 김만철과 박용서의 표정이 달라졌다.

"하하하! 이거 어디서 이런 놈들을 모아왔지? 하나같이 약해 보이는 놈이 없군."

사내는 뒤에서 걸어오는 세 사람을 바라보며 말했다. 하지만 이번에도 사내는 긴장하는 빛이 전혀 없었다.

마치 재미있는 놀이를 하는 아이의 모습처럼 보이기도 했다.

"조심들 하게. 괴물이 따로 없다네."

송 관장의 말에 세 사람은 이전과 다른 모습으로 긴장하는 모습이 역력했다.

실전경험이 부족한 박용서는 더욱 긴장한 모습이었다.

네 사람이 사내를 둘러싸는 형태였는데도 사내는 별다른 자세를 취하지도 않았다.

"자! 그럼 놀아볼까."

이번에는 사내가 먼저 움직였다.

그가 선택한 인물은 박용서였다.

박용서가 생각했던 것보다 사내의 움직임은 비이상적으로 빨랐다.

"헉!"

퍽!

우당탕!

격렬한 타격음과 함께 박용서가 뒤쪽으로 나뒹굴며 공구함에 부딪쳤다.

그 모습에 티토브 정과 김만철이 사내에게 몸을 날렸다.

두 사람의 움직임은 평소보다 더 빠르고 매서운 공격이었다.

하지만 이미 공격할 방향을 알고 있다는 듯이 사내는 여유롭게 두 사람의 공격을 막아내는 동시에 무지막지한 속도로 역공을 취했다.

사내의 움직임을 눈으로 따라가기조차 힘들었다. 너무 빠르고 상식에 맞지 않은 움직임이라 이걸 어떻게 설명해야 할지 모를 정도였다.

사내의 공격을 막아서는 두 사람은 자신들의 의지와 상관없이 뒤쪽으로 쭉쭉 밀려났다.

송 관장도 보고만 있지 않았다.

송 관장은 사내의 하체를 공격했다. 비상식적인 속도를 저지하기 위해서 연속해서 사내의 다리를 겨냥해서 킥을 날렸다.

하나 사내는 그 자리에서 솟구쳐 올라 뒤로 몸을 회전하며 가볍게 물러났다.

동작 하나하나가 정말 군더더기가 없었다.

고수도 보통 고수가 아니었다.

공격하는 세 사람의 수법을 이미 예상하고 어떻게 움직일 것을 미리 짜놓은 듯한 모습이었다.

다행인 것은 순식간에 공격을 허용했던 박용서가 몸을

털고 일어나고 있다는 것.

이제는 나 또한 보고 있을 수가 없었다.

우리 다섯이 한 사람만을 상대해 공격한다는 것은 지금까지 생각지도 못한 일이었다.

이번에는 티토브 정이 먼저 움직였다.

그가 몸을 바닥에서 튕기듯이 솟구치자 송 관장 또한 공중으로 몸을 날렸다.

김만철과 박용서는 좌우 측면에서 사내를 압박해 들어갔다.

모두가 단 하나의 목표를 향해서 자신이 가장 자신 있는 공격 방법을 선택했다.

이번 네 사람의 공격은 일반적인 사람들은 꿈에서도 상상할 수 없는 빠름과 파괴력이 실린 움직임이었다.

퍼즐을 맞춰가듯 완벽한 협공은 분명 가공할 힘을 보여주는 사내라도 피하지 못할 것 같았다.

하지만 그건 나만의 오산이었다.

사내의 움직임은 인간이 펼칠 수 있는 움직임이 아니었다. 눈으로 따라갈 수조차 없는 빠른 움직임과 기괴한 동작들로 네 사람의 연속된 공격을 가볍게 무력화시켰다.

분명 내가 알고 있는 네 사람은 정말 강한 사람들이었다. 하지만 지금 그들 앞에 너무 거대한 산이 가로막고 있는 느낌이었다.

이대로는 안 된다는 위기감에 나 또한 몸을 날렸다.

그러자 사내의 손과 발이 어지러울 정도로 움직임이 많아져 갔다.

공격하는 내 손과 발이 막아내는 사내의 손과 발에 충돌할 때마다 마치 쇳덩이를 차는 것만 같았다.

쾅!

그때 한창 공사가 진행되는 쪽에서 큰 폭음과 함께 불길이 치솟았다.

애애앵~ 앵~

그러자 사이렌 소리가 사방에서 들려왔다.

"크하하하! 오늘은 여기까지만 하지. 다음번에는 네놈의 목을 가져갈 것이다."

사내는 갑작스럽게 나타난 것처럼 공중으로 치솟더니 가볍게 컨테이너를 뛰어넘어 어둠 속으로 사라졌다.

우리 모두는 사내를 쫓을 엄두를 내지 못했다. 다들 사내에게 받은 충격 때문에 몸을 움직일 수가 없었다.

"우물 안의 개구리였어. 저런 고수가 있다는 것을 꿈에도 생각하지 못했으니까."

송 관장이 혼잣말처럼 내뱉었다. 그의 몸은 땀으로 흥건했다.

그뿐만이 아니라 우리 모두가 극심한 운동을 한 사람처럼 온몸이 땀에 젖어 있었다.

폭발사고로 인해서 아침이 되어서야 특별행정구 밖으로의 통행이 허락되었다.

공사에 필요한 인화성 자재들을 모아놓은 곳에서 폭발사고가 일어난 것이었다.

자연 발생적인 사고는 아니었고 누군가 목적을 갖고 인위적으로 불을 지른 사고였다.

우리 모두 뜬눈으로 밤을 지새웠다.

나를 습격한 사내의 정체와 어떻게 해서 그런 놀라운 실력을 갖출 수 있는지에 대한 의구심 때문이었다.

아무리 생각해 보아도 인간이 도저히 펼칠 수 없는 힘과 빠름이었다.

한편으로는 초능력자가 아닌가 하는 생각도 해보았지만, 그가 보여준 동작들은 분명 무술을 익힌 자의 모습이었다.

솔 관장과 티토브 정도 자신들이 알고 있는 선상에서는 그러한 실력을 갖춘 인물이 없었다.

사내가 보여준 무력은 초한지에 나왔던 서초패왕 항우의 역발산기개세(力拔山氣蓋世)와 비교해도 전혀 딸리지 않을 것만 같았다.

이상한 점은 사내는 흑천에 대해서 비웃음을 내비쳤다는 것이다. 하지만 그렇다고 그는 백야의 인물도 아니었다.

그런 인물이 왜 나를 죽이려고 하는지와 그를 부리는 인물이 무척 궁금했다.

난 신의주 행정사무실에 도착하자마자 모스크바에 연락을 취해 코사크의 경호대를 호출했다.

아직은 신의주 특별행정국에서 해야 할 일이 남아 있었다.

『변혁 1990』 19권에 계속…

이제부터 전자책은

이젠북

www.ezenbook.co.kr

새로운 세계가 열린다!

김재한 『성운을 먹는 자』	철백 『대무사』
니콜로 『마왕의 게임』	가프 『궁극의 쉐프』
이경영 『그라니트:용들의 땅』	문용신 『절대호위』
탁목조 『일곱 번째 달의 무르무르』	천지무천 『변혁 1990』
강성곤 『메이저리거』	SOKIN 『코더 이용호』

이름만 들어도 황홀할 정도의 별들의 향연!

이들의 "유료연재"가 시작됩니다!

초대형 24시 만화방

신간 100%, 샤워실, 흡연실, 수면실(침대석), 커플석, 세탁기 완비

■ 강북 노원역점 ■

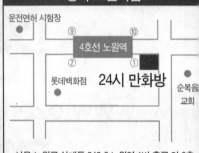

운전면허 시험장
4호선 노원역
롯데백화점 24시 만화방
순복음 교회

서울 노원구 상계동 340-6 노원역 1번 출구 앞 3층
02) 951-8324 (화용빌딩 3층)

■ 일산 정발산역점 ■

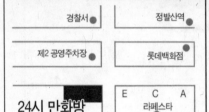

경찰서 정발산역
제2 공영주차장 롯데백화점
24시 만화방
E C A
라페스타
F D B

라페스타 E동 건너편 먹자골목 내 객잔건물 5층
031) 914-1957

■ 일산 화정역점 ■

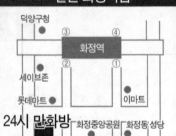

덕양구청
화정역
세이브존
롯데마트 이마트
24시 만화방 화정중앙공원 화정동 성당

경기도 고양시 덕양구 화정동 984번지 서일빌딩 7층
031) 979-4874 (서일사우나 건물 7층)

■ 부천 역곡역점 ■

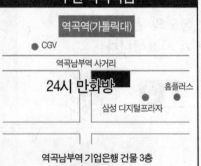

역곡역(가톨릭대)
CGV
역곡남부역 사거리
24시 만화방 홈플러스
삼성 디지털프라자

역곡남부역 기업은행 건물 3층
032) 665-5525

■ 부평역점 ■

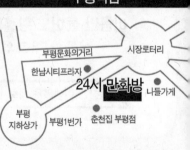

시장로터리
부평문화의거리
한남시티프라자
24시 만화방 나들가게
부평
지하상가 부평1번가 춘천집 부평점

(구) 진선미 예식장 뒤 보스나이트 건물 10층
032) 522-2871

검자 新무협 판타지 소설

FANTASTIC ORIENTAL HEROES

목탁

해적으로 바다를 누비던 청년,
절해고도에 표류해… 절대고수를 만나다!

"목탁은 중생을 구제하는
좋은 이름일세."

더 이상 조무래기 해적은 없다!
거칠지만 다정하고, 가슴속 뜨거운 것을 품은

목탁의 호호탕탕 강호행에
무림이 요동친다!

Book Publishing CHUNGEORAM

유행이 아닌 자유추구 -
WWW.chungeoram.com

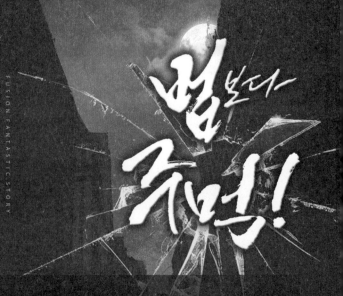

FUSION FANTASTIC STORY

고고33 장편소설

세무사 차현호

대한민국의 돈, 그 중심에 서다!

『세무사 차현호』

우연찮게 기업 비리가 담긴 USB를 얻은 현호는
자동차 폭탄 테러를 당하게 되는데……

그런 그에게 주어진 특별한 능력과 두 번째 삶
하려면 확실하게, 후회 없이 살고 싶다!

"대한민국을 한번 흔들어보고 싶습니다."

대한민국의 돈과 권력의 정점에 선
세무사 차현호의 행보에 주목하라!

Book Publishing CHUNGEORAM

유행이 아닌 자유추구 -
WWW.chungeoram.com

연기의 신

FUSION FANTASTIC STORY

서산화 장편소설

GOD OF ACTING

PRODUCTION

DIRECTOR

CAMERA

DATE SCENE TAKE

무대, 영화, 방송…
모든 '연기'의 중심에 서다!

『연기의 신』

목소리를 잃고 마임 배우로 활동하던 이도원은
계획된 살인 사건에 휘말려 비참한 죽음을 맞이한다.
그런 그에게 주어진 특별한 기회, 타임 슬립.

"저는 당신의 가면 속 심연을 끌어내는 배우입니다."

이제 그의 연기가 관객을 지배한다!
20년 전으로 되돌아가 완전한 배우로서의
삶을 꿈꾸는 이도원의 일대기!

Book Publishing CHUNGEORAM

유행이 아닌 자유추구 -
WWW.chungeoram.com